CW01483753

L'ÎLE MADAME

Ancien ambassadeur, plusieurs fois ministre, marin, spécialiste des missions à risques, Jean François Deniau a écrit de nombreux livres. Essayiste, on lui doit notamment *La mer est ronde, Ce que je crois, L'Atlantique est mon désert, Mémoires de sept vies, Le Bureau des secrets perdus, Histoires de courage.* Romancier, il est l'auteur, entre autres, de *La Désirade* qui a connu un succès considérable. D'un autre de ses romans, *Un héros très discret*, un film a été tiré qui a obtenu le prix du meilleur scénario au festival de Cannes 1996. Ses derniers livres sont *Tadjoura* et *La Bande à Suzanne.* Jean François Deniau est membre de l'Académie française depuis 1992.

Paru dans Le Livre de Poche

LA BANDE À SUZANNE

CE QUE JE CROIS

TADJOURA

JEAN FRANÇOIS DENIAU

L'Île Madame

HACHETTE LITTÉRATURES

Le Cercle des douze Mois

Janvier. Président fondateur, n'aime que ce qui est caché et que ceux qui savent découvrir. Un prince du secret. Obèse, rusé, autoritaire.

Février. Libraire régionaliste et comploteur de droite sentimental.

Mars. L'un des plus grands chefs cuisiniers français. Malheureusement en traitement lourd pour récidive du cancer.

Avril. Pasteur de l'Église réformée d'Alsace, a été un très courageux missionnaire dans les pays les plus difficiles d'Afrique. Tout le monde le respecte.

Mai. Ambassadeur, s'est suicidé à la suite d'un récit mettant en cause sa vie personnelle. Le siège est à pourvoir.

Juin. L'un des pères de l'armement nucléaire français. Avant de réussir brillamment Polytechnique, s'était engagé en 1944 à dix-sept ans dans la Waffen SS.

Juillet. Fils d'un héros de la Résistance fusillé par les Allemands. Membre du Jockey-Club, fréquente aussi le milieu.

Août. Première femme membre du Cercle. Normalienne, agrégée d'allemand, ancienne chargée de mission à l'Élysée, mais aussi grand reporter humanitaire.

Septembre. A été un haut fonctionnaire de la police nationale. Un Corse froid. Ami personnel de Janvier.

Octobre. Le narrateur. Gaulliste de cœur, journaliste, a connu tous les dirigeants et tous les conflits. Amoureux d'Août.

Novembre. Fonctionnaire discret et frileux, en poste à la FAO à Rome (l'organisation agricole mondiale), en fait l'un des agents les mieux renseignés du monde. Très lié à Janvier.

Décembre. Navigateur célèbre par ses exploits nautiques comme par son franc-parler.

Douze anciens aventuriers de la guerre ou des océans, dont chacun porte le nom d'un des douze mois de l'année, se réunissent une fois par mois, dans un lieu insolite mais symbolique, pour raconter chacun à son tour des anecdotes exemplaires et vraies. La vie, la vraie vie, est plus surprenante et passionnante que les inventions romanesques et toutes les littératures. Ils forment un cercle dont les règles s'inspirent des traditions militaires britanniques : pas de sentiment, pas de questions personnelles et, si vous connaissez déjà l'histoire que commence à raconter l'un des membres, vous posez votre couteau sur votre verre. À l'orateur, au vu du nombre de couteaux sur les verres, de décider s'il s'arrête ou s'il continue.

Un jour, pour remplacer l'un des fondateurs prestigieux du Cercle, qui était à la fois grand aviateur, producteur de cinéma et homme politique, ils élisent une femme qui prendra le nom d'Août. À la surprise générale : chacun croyait être le seul à avoir voté pour elle ! Août est une femme de tête et de cœur. Elle a des yeux qui sourient. Très vite, les onze hommes s'aperçoivent qu'ils la connaissent tous et que la plupart en ont été ou en sont encore amoureux. Dont le narrateur, Octobre. Le Cercle des douze Mois survivra-t-il à cette révolution ?

La crise éclate à Ouessant, où les a convoqués Décembre, pendant une terrible tempête. L'un des membres, Mai, fait parvenir au président Janvier une lettre annonçant son suicide. Il ne peut pas survivre à la révélation par Août des penchants sexuels cachés qui sont les siens. Août répondait à une pique d'un autre membre, Septembre, ancien commissaire divisionnaire de la DST, sur un incident à Moscou qui la mettait en cause et que le président Janvier avait laissé raconter. Raconter la vie, la vraie vie, peut être plus dangereux que la vivre. Mai l'accuse d'être responsable de sa mort. Janvier démissionne. Dans les hurlements du vent, à une voix près, Août est élue président. Le rendez-vous suivant, celui de Janvier, est à Tadjoura, petit port mystérieux perdu au bord de l'océan Indien en face de Djibouti.

Mais Janvier ne vient pas. Ses compagnons du Cercle des douze Mois se retrouvent sans lui au bord du golfe et du désert dans sa petite maison blanche écroulée sous les fleurs jaunes, bleues, violettes, roses. L'océan Indien est bleu, la nuit qui tombe, bleue, les montagnes qui ferment l'horizon, bleues. Trois dames Afars, la grand-mère, la mère, la fille, dont les yeux brillent et les bijoux tintent, ont servi poissons et fruits tropicaux. Pourquoi Janvier n'est-il pas venu, alors qu'il les avait tous invités ? Ici, au bout du monde, et même plus loin ? Peut-être ne supporte-t-il pas d'être présidé par un autre, et encore moins, une autre... Il est si mystérieux, Janvier, avec sa voix de fausset, ses complets étriqués, ses manies douillettes d'obèse autoritaire. Quelles ont été ou sont encore ses fonctions dans l'État, personne ne le sait exactement (sauf peut-être Novembre, le plus discret des agents), sinon qu'il est une sorte de prince du secret... Chacun s'interroge, s'inquiète. La solidarité du groupe est en cause, ses règles, ses buts, ses rites. Que serait devenue la Table ronde et ses chevaliers aventureux si le roi Arthur avait disparu ?

Août a sa façon de présider, si différente. Elle néglige délibérément le cadre trop militaire de ce cercle masculin. Elle repousse à février l'élection en remplacement de Mai. Le moment n'est ni au règlement ni aux affrontements. Il faut d'abord restaurer la confiance et l'amitié perdues entre ces hommes. Une femme a pris le pouvoir. Mais est-ce vraiment l'amitié, cette tendresse qui à Tadjoura s'empare peu à peu de chacun d'eux...

1

À la place de Janvier

La lune était montée au-dessus du golfe et, dans son halo, les étoiles pâlissaient. Juillet, capitaine de frégate (CR) et incorrigible bavard, entreprit d'expliquer à Août les constellations, l'alignement Pléiades — Aldébaran — les Mages — Sirius, comment trouver Arcturus en prolongeant d'un jet de pierre le timon de la Grande Ourse et les joies personnelles qu'il trouvait dans la navigation astronomique. On crut qu'il allait aussi lui prendre la main. Décembre coupa le mouvement, amicalement mais fermement : « Hé, Marquis, faudrait pas confondre le méridien de Greenwich avec la raie de ton cul. » C'était le style de Décembre, toujours très imagé. La nuit était si douce que chacun rit doucement, Juillet le premier.

Personne n'avait envie de rompre le charme étrange de cette soirée. Les neuf membres présents, qui n'étaient plus jeunes, se demandaient comment retarder le moment si redouté des enfants où on leur rappellerait qu'il était temps d'aller se coucher. Quel est celui qui remarqua : « Nous vivons une sorte de roman » ? Et celui qui ajouta : « Il y a de très bons romans » ? Août saisit l'occasion : « Jouons. Jouons à faire la liste des dix meilleurs. » C'était peut-être gagner du temps, mais délibérément sortir des règles du Cercle, modèle armée des Indes à peine révisé.

« Il n'y a plus de bons auteurs, commenta Février avec l'autorité de son état, libraire, et rétrograde de conviction. Époque pourrie », ajouta-t-il.

Il lança quand même pêle-mêle les titres de *La Chartreuse de Parme*, du *Voyage au bout de la nuit*, des *Vacances* de la comtesse de Ségur, des *Yeux d'Ézéchiel sont ouverts* d'Abellio. On l'interrompit avec *L'Éducation sentimentale*, *Lord Jim*, *Mobby Dick*, *Les Trois Mousquetaires*, *L'Île au trésor*. Et *L'Île mystérieuse* de Jules Verne ? Puis l'un des membres réclama le silence pour placer avec le respect qui convenait *Guerre et Paix* de Tolstoï. On avait largement dépassé les dix.

« Pour moi, dit Août, le plus beau roman, c'est *L'Atlantide* de Pierre Benoit. »

Plusieurs approuvèrent bruyamment, tout en se demandant comment Août, une femme, pouvait avoir pensé à leur place à ce roman d'aventures... Il y eut un brouhaha de commentaires sur la littérature. Sur le rôle de Pierre Benoit pendant la dernière guerre. Sur le fait qu'Août commençait par un A comme le prénom de toutes ses héroïnes.

« Nous sommes à Tadjoura, dit Décembre plutôt brutalement. Pas dans un salon littéraire pour vieilles filles mal baisées. »

Décembre est mon ami, j'ai déjà au moins cent fois essayé de le convaincre que la grossièreté n'est pas toujours indispensable à l'expression de la vérité. Ou de la jalousie ? Depuis la nuit d'Ouessant, j'ai tendance à voir des jalousies partout. Je tranchai :

« Août peut aimer ce qu'elle veut. Et nous raconter *L'Atlantide* si elle le souhaite. C'est une excellente histoire.

— Dans ma famille, il était interdit de la lire, dit Juin. Un officier français qui met sa passion amoureuse au-dessus de son devoir patriotique était considéré comme un scandale. »

Mouvements divers. Août eut ce geste si doux, si naturel, que j'adore : elle rejeta ses cheveux en arrière en avançant une épaule. La musique légère de ses bracelets l'accompagna. Dans le silence retrouvé, elle dit très calmement :

« Je dois peut-être quelques explications. »

Ainsi commença le récit à la place de Janvier.

« Je suis tombée toute petite dans la marmite. Le tuteur qui m'a élevée n'aimait que les grands classiques policiers, Sherlock Holmes, Maigret, Néro Wolfe et jusqu'au Callagan de Peter Cheyney, qu'il considérait comme des membres de sa famille. C'est tout juste si je ne devais pas les appeler oncle Sherlock et tonton Jules. D'ailleurs, j'appelais mon tuteur "oncle". C'était comme un nom de code et je sus plus tard que des personnages aussi distants qu'importants parlaient de lui en utilisant le même mot. L'oncle aimait les détectives et encore plus la guerre secrète. Ceux qui découvrent, et ce qui est caché. L'aventure

commençait à domicile. Ma mère était morte peu
après ma naissance en Indochine, semble-t-il. Suivant une autre version, moins héroïque, elle aurait
fugué à Buenos Aires avec un joueur de bando-
néon et il était interdit d'évoquer son nom. Mais
comment déceler dans le récit de l'oncle, dont le
conseil préféré était : "parler pour ne pas parler",
ce qui était dit pour faire connaître ou pour empêcher de connaître ? "Le meilleur masque de la
vérité est une vérité", lui arrivait-il aussi de suggérer de sa voix de fausset les jours de confidence.

   « Nous habitions dans le XVIIe arrondissement
triste un appartement aux longs couloirs et lourds
rideaux qui me semblait peuplé de fantômes. Les
meubles du grand salon sous housses, les volets
fermés dans la plupart des pièces, l'office et la
cuisine communiquant par un passe-plat, les boiseries très foncées, les ombres d'une domesticité
qui fut nombreuse au début du siècle. La vieille
cuisinière qui allait avec les meubles me distillait
les secrets de famille comme les recettes d'un chef
trois étoiles et me laissait entendre que mon père,
officier français, avait été tué dans une mission
mystérieuse à l'étranger après avoir fait jurer à
mon tuteur, qui avait ordonné cette mission, qu'il
m'élèverait comme sa fille. Romantique, non ?
D'étranges visiteurs venaient parfois voir l'oncle
et l'escalier se couvrait de gardes du corps aux
aguets. La concierge exigeait qu'ils s'essuient les
pieds sur le paillasson. Quelques ministres — je
ne compte pas les généraux et les ambassadeurs
— durent s'exécuter. La seule autorité que je craignais vraiment était la concierge. J'avais aussi très

peur de l'ascenseur à double grille qui montait si lentement les quatre étages, et la minuterie était si pingre qu'on se retrouvait dans le noir pour la moitié du parcours. Mon tuteur était moins hostile, mais tout aussi impressionnant. Il m'embrassait sur le front, m'appelait "mon petit" au masculin et m'emmenait deux fois par an au théâtre voir un classique à la Comédie-Française. "Racine, c'est chiant, m'expliquait-il. Mais chiant élégant, ça coule. Les modernes avec leur théâtre d'art et d'essai à message, c'est chiant constipé." Une certaine forme de scatologie était bienvenue à la maison. On ne parlait ni d'argent, ni de sexe, ni de race, ni de religion, ni de politique, sujets dégoûtants. Mais, bien placée, une allusion à un rouleau de papier-cabinet déclenchait des rires complices qui brisaient l'écart des générations.

« J'étais une fille plutôt assez ingrate de traits, ne sachant que faire de ses pieds et de ses mains. Mon refuge était l'étude (ah, le bonheur de la vie scolaire, où il suffit d'apprendre pour être bon) et les livres. Mon tuteur, qui commençait à s'intéresser à mes résultats — il m'a vraiment embrassée pour mon premier prix de thème latin —, me dosait les livres avec plus de parcimonie que les sucreries. "Quand tu auras treize ans, tu pourras lire *Le Mouron rouge*. Quand tu auras quinze ans, tu pourras lire *Les Trois Mousquetaires*. Quand tu auras dix-sept ans, tu pourras lire *L'Atlantide*." Cela voulait dire : tout te sera permis. D'ailleurs, à dix-sept ans, tout était permis. Mon tuteur partageait l'opinion médiévale si sage que les femmes sont majeures bien avant les garçons et ont bien davantage le sens des responsabilités. Combien d'années ai-je rêvé de *L'Atlantide*, qui était devenue le symbole de mon émancipation ? Quant à mon tuteur, il se transforma de bonheur quand il put annoncer de sa bouche en cul-de-poule et l'air faussement détaché à ses visiteurs et amis secrets si importants, que je venais de passer mon bac avec mention bien, puis que j'étais en khâgne, puis que j'avais réussi mon agreg d'allemand. J'avais coupé mes nattes, grandi d'un coup, étais devenue plutôt agréable à regarder. Mais ça, je crois qu'il ne s'en était jamais aperçu. Ou alors il le cachait bien. En même temps que *L'Atlantide*, j'ai eu le droit de lire *Capitaine Conan*. Les garçons au cinéma cherchaient à m'embrasser. Quelle année ! »

Août prit un temps pour piquer un fruit dans une assiette. C'était un temps de trop. Septembre est un Corse froid comme il y en eut tant dans les hauts grades de la police à Paris. Dans le silence de la petite maison blanche sous les étoiles, sa voix si sèche, une voix de procès-verbal, retentit étrangement :

« Les souvenirs personnels ne sont pas indispensables. La règle a toujours été entre nous d'éviter les Mémoires. »

C'était une condamnation. L'absence de Janvier d'un coup parut plus lourde. Est-ce que le Cercle pourrait lui survivre ? Est-ce que l'élection d'Août dans la tempête — à une voix de majorité et en tout cas contre celle de Septembre — n'était pas la fin...

« Nous sommes ici pour entendre un récit

exemplaire, rien d'autre », murmura Novembre en relevant le col de sa veste comme si l'hiver était venu. Lui aussi avait voté contre Août.

« Je peux avancer mon histoire et raconter dès maintenant », dit Février, toujours prêt à se mettre en valeur et à jouer les intéressants.

On se souvient de la sévère mise en garde qui lui avait été adressée par Janvier quand il avait cru bon d'exprimer ses sentiments amoureux pour Août.

« Chacun son tour, à son mois », dis-je froidement.

Il commençait à m'énerver, ce libraire régionaliste dont la seule gloire était d'avoir fait six mois de prison pour un attentat raté. Au fond, je n'ai jamais supporté le folklore. Juin, l'un des pères de l'armement nucléaire français et le plus taciturne de nous tous, Juin qui avait derrière lui quarante ans de réunions interministérielles, dit alors :

« Présider, c'est donner la parole. Notre présidente devrait donner la parole.

— La parole est au commissaire Septembre, dit Août.

— Moi ? Pourquoi ?

— Pour un récit qu'aurait aimé Janvier. La parole est au commissaire Septembre. »

Le Cercle était repris en main. Septembre toussa, sentit qu'on l'attendait.

« Chacun connaît l'histoire du complot des morts-vivants de l'été 1994, commença-t-il. Non ? Mais elle n'a vraiment rien à voir avec notre réunion ce soir à Tadjoura. »

L'alizé, qui s'était essoufflé pendant le dîner,

avait repris par bouffées de fraîcheur. Les
branches de bougainvillée se balançaient au haut
des murs. Novembre sortit un chandail de son
porte-documents. Il vivait dans la peur d'attraper
froid et, au mépris de la latitude, entre équateur et
tropique, donnait l'impression d'affronter à pied
le col du Grand-Saint-Bernard. Mais c'était le
meilleur de nos agents de renseignement. Il murmura de nouveau :

« C'est une histoire que Janvier aime beaucoup. »

Août répéta : « La parole est au commissaire
Septembre. »

« Août 1944. Toute la France, qui a été pétai-
niste sauf exception rarissime, puis très majoritai-
rement attentiste, se grise de libération. Après la
dure bataille de Falaise, le général Patton, enfin
rappelé, a percé le front de Normandie et ses
blindés se ruent vers l'ouest, le sud, l'est. Les
ordres du quartier général allié sont d'éviter Paris.
Leclerc, avec l'appui de De Gaulle, ne respectera
pas les ordres. Le capitaine Dailly, responsable
des essences à la 2ᵉ DB, organise le vol de jerri-
cans pleins dans les dépôts américains. Les chars
français pourront prendre la direction de la porte
d'Orléans. Mais on n'en est pas encore là. Il est
seulement clair qu'en perdant la bataille du débar-
quement, les Allemands ont perdu la guerre. Seuls

quelques fanatiques croient encore à un sursaut sur le Rhin ou au miracle des "armes secrètes". »

Une dame, dont la rumeur des bijoux accompagne chaque geste, sert un jus de mangue et citron tout à fait délicieux.

« Laval est à Paris. Cravate blanche, pommettes mongoles, solidité auvergnate. Alors que toute sa politique s'effondre, il est toujours assuré de son talent et de sa capacité de séduire, celle d'un grand acteur de la comédie du pouvoir. Depuis 1940, en jouant la victoire allemande, il s'est trompé de pièce et de rôle. Au moins ne veut-il pas rater sa sortie. Un agent double, qui s'appelle Enphieropoulos et qu'on appelle Enfiere pour plus de simplicité, va lui souffler un des plus beaux textes de sa carrière. En laissant entendre qu'il a l'appui d'Allen Dulles, le futur fondateur de la CIA, qui pendant la guerre est le patron des services secrets américains en Suisse. "Les Américains, dit-il à Laval, sont profondément inquiets d'une prise de pouvoir en France par de Gaulle et ses alliés communistes." Il se trouve qu'Enfiere est un lointain parent du président Herriot, figure emblématique de la IIIe République. Il se propose de contacter le président Herriot. Laval a reçu tous les pouvoirs *légalement* du maréchal Pétain, qui les a reçus *légalement* des députés et des sénateurs. Puisqu'on ne peut évidemment pas réunir le congrès complet comme en juillet 1940 à Vichy, Laval remettra *légalement* les pouvoirs au président de la Chambre et c'est Herriot qui *légalement* accueillera les libérateurs américains au nom de la continuité constitutionnelle. Ainsi sera écartée l'aventure d'un général mégalomane et des marxistes moscoutaires. Vive la République. Vive la France.

— Ah, dit Novembre en remontant le col de sa veste, une suite du rapport Alexis Léger de l'été 1942 à Summer Welles et de Summer Welles à Roosevelt ("perso" pour le Président) affirmant que de Gaulle était un agent soviétique.

— Oui, dit Septembre. Les relations franco-américaines depuis cinquante ans ne sont pas explicables si on ne connaît pas ce document. »

Et il se tait. Il faut l'inviter à continuer.

« Aujourd'hui, tout ceci paraît totalement irréel. Mais il y a longtemps que dans cette guerre mondiale la réalité a dépassé toutes les fictions. En Extrême-Orient, les marines américains reprennent le Pacifique île par île. Dans la jungle birmane, les commandos menés par un général anglais qui ne donne ses ordres que par des citations de la Bible (il faut comprendre que Deutéronome 3-27 veut dire tournez à gauche) harcèlent les Japonais. L'Armée rouge en vagues massives ronge le front allemand. À l'est des milliers de chars percent, après que les troupes de choc ont nettoyé au lance-flammes les carrefours routiers encombrés des charrettes triangulaires des populations en fuite. À l'ouest les bombardements des alliés ont réduit en cendres fumantes les villes historiques. L'été est très beau. Les villages français se couvrent de drapeaux tricolores et les cloches sonnent. Des émissaires du général de Gaulle, à vélo, se sont lancés dans le no man's land entre la dernière bombe et la première jeep

pour désigner les maires et leur passer une écharpe
tricolore : que les Américains ne trouvent pas le
vide administratif et politique en arrivant. Partout
on se bat, on fusille, on chante, on meurt.

« Une voiture officielle part de Paris pour chercher Herriot dans sa retraite discrète d'une pension
pour personnes âgées en Lorraine. Une voiture
avec *Ausweis* fournie par l'ambassadeur d'Hitler,
Otto Abetz, et qui passera tous les barrages de ce
mois d'août 1944. Otto Abetz aussi est dans le
complot. Il faut sauver la France du péril gaullisto-
communiste. Il aime tellement la France, l'ambassadeur, même s'il garde en toutes circonstances
une sorte de raideur dans la nuque et le pli de
pantalon. La voiture dépose Herriot pour un déjeuner à l'Hôtel de Ville à Paris. Marbres, colonnes,
fresques, lustres dorés, huissiers à chaîne. Service
impeccable, gants blancs, grands crus. Herriot est
un Lyonnais amateur de bonne chère. Le déjeuner
de travail en son honneur va rassembler tous ces
morts-vivants pour mettre au point la succession
de Laval. C'est par la grande porte, celle de l'Histoire et du Droit, qu'il sortira, pense l'un. Le pouvoir est toujours bon à prendre, rêve l'autre.
Pousse-café et cigares. Les canards sans tête cou-
rent encore, on le sait. »

Avril, qui est pasteur de l'Église luthérienne
d'Alsace, dit doucement :

« Saint François de Sales, même si je ne partage
pas toutes ses opinions sur la grâce, nous a appris
que le pouvoir est une passion, on dirait aujour-
d'hui une drogue, et une drogue dure, qui vous

coupe des réalités de ce monde. Tristesse d'un théâtre sans Dieu. »

J'aime beaucoup, comme nous tous, le pasteur Avril. J'ajoute pour le soutenir :

« À Berlin, alors que les SS se préparent à brûler les cadavres d'Hitler et d'Eva Braun, que Goebbels va se suicider avec sa femme après avoir empoisonné tous leurs enfants, alors qu'au-dessus d'eux, dans les ruines fumantes de la chancellerie, ne se battent plus qu'une poignée de gosses de la Hitler Jugend, les Français de la division Charlemagne et quelques Belges de la légion wallonne, les hiérarques du régime nazi, Goering, Himmler, le grand amiral et les autres se déchireront entre eux pour savoir à qui *légalement* le Führer a laissé le pouvoir. »

Je ne sais pas pourquoi (et telle n'était pas mon intention) nous avons regardé Juin. Juin s'est engagé à dix-sept ans dans la Waffen SS, avant d'être à moins de vingt ans brillamment reçu à Polytechnique et de sortir dans le corps des Mines. Mais il se tait. Seules, dit-on, des variantes rares du calcul intégral le distraient. Peut-être se méfie-t-il de la légalité ? ou de l'histoire ? Pourtant, tout à l'heure, en deux mots, il a aidé Août à reprendre les choses en main. Il enlève ses lunettes et les essuie en disant :

« Un fou n'est pas un homme qui a perdu la raison. C'est un homme qui a perdu tout, sauf la raison. »

La confusion de nouveau. Août fait tinter ses bracelets dans le doux soir et dit fermement :

« La parole est à Septembre pour la suite de son histoire. »

Et Septembre reprend :

« Il n'avait pas été nécessaire de pousser Herriot pour le forcer à monter dans la voiture de Laval. Au déjeuner de l'Hôtel de Ville, il participe volontiers à l'examen des formes de passation de pouvoir. Un conseiller avisé fait remarquer qu'à Vichy il n'y avait pas que la Chambre des députés, mais aussi le Sénat. Peut-être serait-il bon, à défaut de tous les sénateurs, de prendre contact avec leur président. Soit. Les attachés de cabinet s'affairent. Mais on n'arrive pas à joindre le président du Sénat. Un autre conseiller suggère alors de réunir d'urgence les sénateurs présents à Paris ou à proximité. Informer, c'est déjà rendre complice.

« Le téléphone marche parfaitement. (Il en sera ainsi même pendant le soulèvement parisien.) Une bonne vingtaine de sénateurs, très étonnés, se retrouvent devant Laval. C'est un des meilleurs discours qu'il ait fait de sa vie : il s'est trompé, il est prêt à payer le prix. Mais les élus français représentent le droit et la continuité républicaine. Ils doivent être un exemple. Non à l'aventure. Vive le droit et le président Herriot. C'est lui qui, au nom du Congrès, accueillera les Alliés à Paris. Silence : les sénateurs se tiennent cois. Laval a gagné ? Un sénateur demande la parole et dit : "En 1940, j'ai voté les pleins pouvoirs au maréchal Pétain, comme l'immense majorité des députés et sénateurs démocratiquement élus. Aujourd'hui, je vous déclare qu'il n'y a qu'une autorité en France, légale ou légitime, peu importe, c'est le général de Gaulle. Et que toutes les manœuvres qui tenteraient de l'écarter du pouvoir seraient non seulement odieuses, mais ridicules." Les sénateurs se retirent avec art. Le vent change. Herriot passe du tiède au froid. Il se rappelle qu'on l'attend dans sa maison de retraite. L'ambassadeur Otto Abetz consulte Hitler, qui lui fait répondre brutalement qu'il a mieux à faire que de se demander qui gouvernera la France quand les troupes allemandes ne seront plus à Paris. Enfière discrètement repart pour la Suisse. Allen Dulles oubliera. Laval prépare ses valises. Le parti communiste va prendre l'initiative de l'insurrection à Paris et les blindés de la division Leclerc, capitaine Dronne en tête, débouleront dans la capitale par l'avenue d'Orléans sous un beau soleil d'été. À Notre-Dame sonnent les cloches. Qui connaît encore le déjeuner à l'Hôtel de Ville et le complot des morts-vivants ? Qui était si *légal*. »

Une pointe d'accent corse, signe d'émotion, a percé dans les derniers mots du commissaire Septembre. Les dames Afars font circuler des petits filets de poisson grillés avec des rondelles de banane. L'alizé, toujours par bouffées, agite les sommets des palmiers et des plus grands filaos.

« Sait-on encore qui était ce sénateur qui donna un coup de main au destin ?

— Oui. Il s'appelait René Coty. Et l'Histoire, qui n'a pas de sens mais aime les boucles, va revenir en arrière des années plus tard. Élection à la présidence de la République du successeur de Vincent Auriol. Les tours succèdent aux tours sans majorité. Le candidat de la droite, Lainiel, a peut-être été élu, mais le président de séance joue sur l'existence de deux frères parlementaires et de bulletins sans prénom pour passer outre. Lainiel se retire. Un autre candidat est présenté. On est au onzième tour toujours sans résultat. Dans le système de la IVe République, si les communistes et les gaullistes additionnent leurs voix, la machine est bloquée. À ce moment, un ancien se souvient : "René Coty, c'est quand même lui qui, à Paris, en août 1944..." Certains députés gaullistes s'abstiennent, d'autres votent pour. René Coty est élu président de la République.

— Quelle belle histoire, dit Août.

— Exemplaire, corrige Septembre. Elle n'est pas encore finie. Dernière boucle : en 1958, c'est René Coty qui appelle le général de Gaulle au pouvoir. » Il y a un silence, puis Septembre reprend à voix basse. « On peut y voir une aventure dérisoire, Janvier y trouverait aussi une leçon : rien n'est inutile, jamais ; ni un pas, ni un geste, ni un mot. Tout est utile. Seulement, on ne peut pas savoir quand. »

Des oiseaux noirs, ailes lourdes, survolent la maison. Le temps du muezzin est passé et les minarets des cinq mosquées sont muets. On entend un clairon, loin, du côté du petit fort crénelé à l'est de la palmeraie. Les membres du Cercle se lèvent, s'étirent, se servent un verre, mangent un morceau. Le récit par Septembre du complot des morts-vivants a fait revivre le Cercle comme autrefois, avant le drame de Décembre, avec des histoires comme nous les aimons, précises, quasi techniques, et qui pourtant lèvent un moment le voile d'un mystère. Et maintenant ? Où était Janvier ? Nous étions tous des chevaliers errants dans les forêts de la Bretagne bleue et chacun de nous redoutait la mort du roi, la fin de la soirée, la séparation.

Août semblait, elle aussi, avoir été sensible à la nostalgie que portaient les derniers souffles de l'alizé. Elle restait allongée sur trois ou quatre coussins, vêtue d'un kaki très strict, chemise et pantalon, et seul le lapis-lazuli afghan à l'annulaire de sa main gauche répondait au bleu sombre de ses yeux et à celui de la nuit. Ce fut le pasteur Avril qui intervint de sa belle voix du dimanche :

« Il me semble qu'Août n'avait pas fini de raconter.

— C'est vrai, appuyèrent plusieurs membres. Nous n'en étions qu'aux explications préalables.

— C'est la faute à *L'Atlantide*, dit l'un.

— Et à la littérature, répond l'autre.

— Bien, dit Août, et ses bracelets tintèrent. Je vais raconter, si tous le souhaitent, ma première aventure qui, je l'espère, vaut bien un roman. »

Chacun intérieurement s'en réjouit, même ceux qui n'avaient pas voté pour elle. Les temps aventureux n'étaient pas terminés. Une des dames Afars jugea venu le moment d'arroser. Jamais le jasmin n'avait senti aussi fort. Ainsi continua le récit à la place de Janvier.

« Un été, mon oncle tuteur décida de m'emmener en mission avec lui, en Albanie. "Ça donnera l'air innocent", susurra-t-il de sa voix de fausset. L'affaire, c'est vrai, n'était pas simple. À Moscou, Gorbatchev, sur instruction de son maître Andropov et du KGB, tentait sous le nom de *perestroïka* une opération de réforme des institutions soviétiques qui, sans toucher au pouvoir essentiel du Parti (le célèbre article 6 de toutes les constitutions communistes), entendait changer les hommes et moderniser les méthodes. Sa crainte était, l'oncle me l'expliquera plus tard, que l'un des satellites européens serve de base à une opposition structurée et permanente contre le réformisme voulu au Kremlin, notamment le plus puissant d'entre eux, la RDA. On ne peut rien comprendre à la chute du mur de Berlin si on ne tient pas compte de cet élément (Novembre approuva de la tête, tout en nous regardant sévèrement, comme si nous avions laissé une porte ouverte). En Roumanie, les services soviétiques réussirent parfaitement leur coup. À Prague, apprentis sorciers, ils furent dépassés par la vague populaire. Même s'il s'agissait d'un petit pays pauvre et isolé, Gorbatchev s'inquiétait de la position du plus dur des durs, l'Albanie. Un haut personnage du régime albanais, qui n'avait pas coupé tous liens avec Moscou, invita l'oncle à Tirana pour qu'il donne un avis amical — et positif — sur une nécessaire évolution. Ce n'était pas la première fois que mon cher tuteur, esprit indépendant, donnait ainsi des sortes de consultations techniques au bénéfice de "l'Em-

pire du Mal", quand il ne les jugeait pas contraires
à l'intérêt national qui était son seul credo.

« Pas facile, l'Albanie. Le dictateur et maître
absolu, ancien professeur de français, Enver
Hodja, était mort depuis cinq ans, mais dans la
stricte tradition léniniste il était considéré comme
toujours présent et on lui avait officiellement
célébré son quatre-vingtième anniversaire par des
défilés énormes, des discours fleuves, des mee-
tings de masse, des érections de statues grandioses. La veuve régnait. Une évolution ? Le
temps était arrêté. Le monde, inconnu.

« L'Albanie était en rupture avec la terre entière
et en guerre larvée avec tous ses voisins, Yougoslavie au nord, Italie à l'ouest, Grèce au sud. Les
ex-protecteurs communistes lointains, URSS et
Chine, étaient devenus des ennemis, je ne parle
pas des Américains. Sur la carte, l'Albanie se
situait quelque part entre la Mongolie extérieure et
la planète Mars. À l'intérieur, des purges avaient
succédé aux purges, des exécutions aux "suicides"
parmi les dirigeants eux-mêmes. La météorologie
mystérieuse des régimes communistes, qui se prétendent détenteurs du sens de l'Histoire, condam-
nait les uns, réhabilitait les autres (à titre
posthume) au nom du titisme ou de l'anti-titisme.
Des intellectuels dissidents internés à vie dans les
camps, sans procès et sans espoir, avaient la
charge de lire la presse étrangère pour en faire de
brèves notes à l'usage des dirigeants haut placés.
Ces condamnés à mort en sursis derrière leurs barbelés étaient donc étrangement les Albanais les

mieux au courant de l'actualité mondiale. Tout le
régime était à cette image.

« Comment ce peuple si fier a-t-il survécu ?
L'ambassadeur d'Albanie à Paris, en termes cir-
conspects et double langue de bois, diplomatique
et communiste, vint donc à la maison suggérer une
"visite d'information" qui était une invitation. La
concierge lui avait fait s'essuyer les pieds d'un
ton particulièrement sévère. L'oncle, qui avait été
prévenu par une autre source, répondit de sa voix
de fausset, les mains benoîtement croisées sur le
ventre, qu'il serait heureux en effet d'examiner
amicalement sur place la situation albanaise, qui
était complexe. L'ambassadeur fit savoir que l'ad-
verbe amicalement lui convenait et qu'il admettait
l'adjectif complexe. Une typique conversation
politique à haut niveau. Elle permettrait à l'ambassadeur, dans son télégramme de compte rendu, de
la qualifier de "tout à fait positive". Personne
n'avait eu la barbarie d'entrer dans le triste détail
des réalités, camps de concentration, niveau de vie
en baisse, stagnation des échanges.

« Le mythe de l'agression étrangère était le
thème permanent de la propagande albanaise et la
justification de toutes les folies internes. Les paysans labouraient leur lopin de terre, le fusil en ban-
doulière. Le moindre champ était hérissé de
bunkers fortifiés du meilleur ciment local et acier
suédois importé qui empêchaient surtout toute uti-
lisation rationnelle du matériel agricole moderne.
Jusqu'aux piquets de vigne, tous équipés d'un fer
de lance pour empaler les parachutistes éventuels
des forces impérialistes et néo-impérialistes qui

oseraient sauter sur la terre sacrée du stalinisme maintenu. Quant à la côte, deux cents kilomètres de Méditerranée, elle était encore aussi vierge qu'avant la découverte de la Riviera par les Anglais. Tout habitant qui s'en approchait, sauf quelques privilégiés de la Nomenklatura bénéficiant d'une villa sur la plage, risquait d'être abattu. C'est dire si la mission devait être discrète. Mais l'oncle, pour le plaisir sans doute, décida d'en rajouter sur les difficultés du voyage. Il aimait en outre les alibis ou "couvertures" si extravagants, si énormes, que pas un spécialiste de la police ou des services secrets ne pouvait en croire capable même l'ennemi le plus retors. »

Août mima la suite du dialogue en changeant de voix à chaque réplique :

« "Comment compte se rendre Votre Excellence dans notre beau pays si attachant mais complexe ? demande l'ambassadeur. En avion, certes, mais quel jour et par quelle ligne ?

— Pas en avion. Vous me voyez dans un siège d'avion avec mon tour de taille ? D'ailleurs, il n'y a pas de ligne directe et je déteste les changements.

— Par la route, donc. Nous pouvons à titre exceptionnel ouvrir la frontière avec la Grèce ou celle avec la Yougoslavie.

— Pas par la route. Le duc de Brissac disait du cheval que c'était un moyen de transport dangereux par les deux bouts et inconfortable par le milieu. La voiture automobile est pire. La voie droite est avec elle aussi périlleuse que les virages ; consultez, mon cher, les statistiques d'accidents.

— Alors le train ? Mais la ligne a été coupée il y a quarante ans et...

— Pas le train, le bateau.

— Le bateau ? Mais il n'y a que des cargos minéraliers bulgares pour relâcher à notre port de Durrës !

— Sur mon bateau. Enfin, on me le prête.

— Mais quand, où, quel jour, quel port ? (L'ambassadeur pâlissait à vue d'œil.)

— Impossible à dire. C'est un voilier, cher ami, une goélette. À la voile, on ne fait pas ce qu'on veut. Vous prendrez bien un peu de ce vieil armagnac ?" »

Août imita si bien l'oncle tuteur fermant les yeux de délectation et l'ambassadeur agrippé à son armagnac comme à une bouée de sauvetage, qu'elle conquit son public. Je l'aimais, on le sait. J'étais fier de son succès.

« "Je prendrai avec moi quelques amis, dit l'oncle, ses yeux de chat ramenés à deux fentes jaunes.

— Certes, certes, ils seront les bienvenus.

— Un membre de l'Académie française.

— Ah, ah. Très honoré.

— Un médecin.

— Hé, hé. Un médecin à bord, toujours utile.

— Une journaliste.

— Oh, oh. Une journaliste...

— Célèbre.

— Très délicat.

— Elle est très délicate. Une nièce aussi, pour

sa formation, voyez-vous. Je suis son tuteur. Je
pense qu'ainsi ma visite aura encore plus l'air
d'un simple voyage de vacances familial. Pour le
cas où vous croiriez utile d'informer la presse.

— Non, non, s'étrangla l'ambassadeur. (Puis
un air de panique passa sur son visage.) Votre
yacht goélette n'est pas albanaise ? (L'émotion le
faisait trébucher sur les genres.)

— Propriétaire monégasque, équipage turc,
immatriculation aux Bermudes.

— Je le craignais. Il vous faut donc un pavillon
albanais de courtoisie pour pénétrer dans les eaux
territoriales. On ne pénètre pas dans les eaux territoriales sans envoyer à la corne tribord le drapeau
du pays de ces eaux. C'est formel. Vous n'en avez
pas ?"

« L'ambassadeur reprenait forces et couleurs.
Enfin, on revenait sur le terrain ferme de la régle-
mentation protocolaire. Diplomates de tous les
pays, unissez-vous. "Vous ne pouvez pas venir en
bateau.

— J'achèterai un pavillon albanais pour envoyer
à la corne tribord.

— Vous n'en trouverez pas à Paris. (L'ambassadeur relevait le menton.) Nous en interdisons
soigneusement la vente. Quel usage des individus
malfaisants, voire des opposants politiques, pour-
raient faire de notre vénéré emblème national ?"

« L'oncle ne s'énerva pas. Il dit, un ton plus bas
que d'ordinaire et en fermant totalement les yeux :
"Signalez aux autorités de Tirana que je ne peux
pas me rendre à leur aimable invitation faute du
drapeau albanais nécessaire."

« Le lendemain, j'étais seule à la maison. Coup de sonnette, deux sbires plutôt mal rasés apportent un paquet pour l'oncle. Ils avaient monté les quatre étages à pied de peur d'être coincés dans l'ascenseur par des forces impérialistes obscures. Et en progressant de palier en palier en "échelle de perroquet", technique bien connue des commandos de pointe. Je signai un reçu de trois pages en Shqipe et en français. Quand l'oncle revint, nous ouvrîmes le colis avec respect. C'était le drapeau national albanais, superbe aigle noir sur fond écarlate timbré de l'étoile, celui de l'ambassade elle-même, qui flottait devant la grande porte d'entrée. Il faisait bien deux à trois mètres carrés. Le caractère sacré de la mission, si besoin en était, était confirmé.

« Tout fut parfait. L'été superbe, la mer belle. L'oncle prévint quand même de notre arrivée la veille par la VHF. Sur le quai de Sarandë, tout était en place, alors que rien ne semblait commandé. De l'art. Les autorités alignées, le poste d'amarrage prêt, la voiture de fonction garée et jusqu'au menu du dîner dans l'hôtel de la Nomenklatura imprimé. L'oncle souhaita rencontrer un ami et l'ami se trouva par hasard à l'hôtel le lendemain.

« Des pins très vieux penchaient sur l'eau turquoise. Le maquis embaumait le romarin, le myrte, le thym. Les ruines de Butrint, théâtre antique, nymphée, baptistère et basilique paléochétienne, nous attendaient. Racine y a situé l'action de sa tragédie *Andromaque*. Khrouchtchev y

avait été reçu. Tout respirait la civilisation, l'ordre,
la paix.

« Rien ne transparaissait d'un régime dictatorial
et policier. Nous ne rencontrions que des visages
aimables, accueil de rêve, propos dans un français
parfait. L'ambassadeur spécial chargé de nous
accompagner connaissait par cœur les strophes de
la cérémonie du *Bourgeois gentilhomme* de
Molière où M. Jourdain est sacré Mamamouchi :

> *Se te sabir,*
> *Ti respondir ;*
> *Se non sabir,*
> *Tazir, tazir*

et regrettait que ce sabir ne soit pas devenu, à la
place de l'anglais, la seule langue de communication universelle. Mais le plus étonnant peut-être
était que les invités de l'oncle, ses amis parisiens,
avaient l'air de trouver toutes ces facilités maté-
rielles et ces égards officiels dont nous étions l'objet absolument naturels, alors que l'Albanie était
le pays le plus pauvre du monde et que la dernière
fois qu'un voilier français s'en était approché, il y
avait eu des tués. Pour ne rien suspecter à l'époque
des intentions de Gorbatchev, je me doutais quand
même de quelque chose. Dans sa veste à carreaux
trop serrée et sous ses paupières mi-closes, l'oncle
avait la panse arrondie et la prunelle allumée du
chat qui a mangé le canari.

« Nous partîmes à la voile pour Durrës, après
escale dans le port militaire interdit de Vlorë. Une
tornade d'une grande violence, propre au canal
d'Otrante, nous sépara dans la nuit de la vedette

militaire albanaise qui nous escortait. Elle n'avait
pas supporté la tempête. Majestueusement, et
seule dans le silence des espaces interdits, notre
goélette entra dans l'antique Dyrrachium et prit
son mouillage. La milice fronçait les sourcils. Un
cargo nord-coréen chargeait un minerai jaunâtre
en vrac. Le quai était défoncé et l'air, irrespirable.
Après un déjeuner, qui comprenait bien cinq ou
six services, dont plusieurs plats nationaux, dans
l'ancienne villa du roi Zog qui dominait la ville,
un autre cortège nous attendait pour nous conduire
à Tirana. Les invités de l'oncle ne s'étonnaient
toujours de rien. Seulement une remarque sur la
qualité de l'hospitalité albanaise qui avait ouvert
pour nous un palais royal. "Normal, dit l'oncle, un
de mes arrière-arrière-arrière-grands-parents était
un prince local, et un peu plus sérieux que Zog.
Le protocole normal." Ils sourirent entre eux de
ces fantasmes couronnés et continuèrent à profiter
tranquillement du voyage. »

Août but un peu de citronnelle. Tous les
membres du Cercle, y compris les plus fidèles à
Janvier, l'écoutaient avec une visible passion.
Mais chacun, au fond, se demandait où allait nous
conduire ce récit bizarre d'une croisière en Albanie
dans l'été 1988. Pour la seule gloire du tourisme
albanais ? Peu vraisemblable. Pour illustrer l'avenir de l'article 6 des constitutions de type soviétique ? ou les chances de la réforme voulue par les
« libéraux » du KGB ? Trop gros. L'Histoire dans
quelques mois apporterait les réponses avec la
chute du mur de Berlin, puis de l'URSS elle-
même. Mais peut-être un autre secret était déjà

doucement en marche pour nous surprendre dans la nuit de Tadjoura.

« Rien n'est plus difficile à décrire que Tirana. Malgré le pacha qui y planta son camp, Mussolini qui y construisit des ministères et le régime communiste qui y dressa palais du peuple et statues colossales, c'est une sorte de non-ville. De larges avenues conduisent à d'immenses places vides. À part un petit turbé de 1816, charmant, tout ce qui pouvait avoir une âme a été détruit, le vieux bazar, les tekkés des Bektashis. Il reste *une* mosquée, élégante et morte, transformée en je ne sais quoi, *une* maison ancienne, aussi morte, en quelque chose d'autre. Des témoins froids du passé, détournés de leur usage, des tombes vides. L'architecture moderne national-communiste qui a pris la suite du fascisme est assez belle mais, comme d'habitude, gâchée par la grandiloquence. Il faut lever le nez pour regarder les énormes monuments des héros, Skanderbeg, Enver Hodja, Lénine, Staline, qui dominent le paysage. La vie officielle est de granit et de bronze. Il n'y a pratiquement pas de circulation. Des camions hors d'âge, quelques voitures de dirigeants communistes. Et des charrettes, des carrioles, des tombereaux. Des chevaux, des ânes, encore des chevaux. Le plus sympathique est le bruit des sabots. »

Août fit tinter ses bracelets.

« Il y eut un premier signe avant-coureur. L'oncle nous fit savoir qu'il devait aux autorités sa participation à une courte cérémonie. Pour ne rien perdre du folklore local, nous décidons de l'accompagner. Le cortège nous conduit à la sortie de Tirana au cimetière des Martyrs de la Nation dominé par la statue géante de la patrie, mère Albanie, haute de douze mètres. Toujours le style social-kolossal. L'oncle paraît connaître les lieux. Allée centrale, troisième à gauche, deuxième à droite. Une stèle au nom de Baba Faja Martaneshi. L'oncle sort de sa poche une brochette de décorations militaires, se l'accroche au-dessus du cœur et se met au garde-à-vous. Sa veste de faux tussor à carreaux jaunes et rouges, déjà étriquée et chiffonnée, pend d'un côté sous le poids et remonte de l'autre. Minute de silence. Les autorités qui nous accompagnent se mettent elles aussi au garde-à-vous pour la minute de silence. Nous, les invités, un peu dépassés, nous nous mettons également au garde-à-vous et minute de silence. Les passants des allées voisines voyant des autorités au garde-à-vous et minute de silence se joignent progressivement au mouvement de proche en proche et jusqu'au fond du cimetière. Les enfants des écoles, les groupes de miliciens, les associations sportives et patriotiques en visite se mettent au garde-à-vous et minute de silence. Je ne parle pas des balayeurs et employés municipaux. Ils ont été parmi les premiers entraînés par l'immense vague déclenchée par l'oncle. Elle atteint les gardiens à la porte d'entrée quand l'oncle tousse. Il enlève ses décorations, sa veste reprend un équilibre à peu près normal. Repos. La cérémonie est terminée.

« Vous me demandez qui est Baba Faja Martaneshi ? Un chef des Bektashis, comme son nom l'indique. Il fut aussi général des partisans lors de la dernière guerre. Assassiné par son supérieur, le

Grand dédé lui-même, en 1947. Un épisode san-
glant et encore mystérieux de la lutte entre pouvoir
spirituel et pouvoir matériel, l'âme et le corps, ce
monde et l'autre. Les Bektashis, secte religieuse
d'ascendance chiite issue des derviches tourneurs
d'Anatolie, représentaient en Albanie un islam
éclairé, à la fois libéral et mystique. Le parti
communiste finira par les supprimer. Je récite tout
cela comme une leçon : je l'ai appris dans les
livres après le voyage. Mais le mystère des
réseaux de l'oncle restait surprenant. »

Novembre dit de sa voix sans sexe, angélique :

« Le Grand dédé s'est suicidé. Le dialogue entre
le ciel et la terre ne finit jamais bien. Normal, il a
mal commencé : au jardin d'Éden. »

Comment cet obscur fonctionnaire de la FAO
à Rome connaît-il les Bektashis ? Responsable de
l'aide alimentaire d'urgence sur le plan international, il est le premier au courant de tous les conflits
de cette planète. Souvent, en tant que grand reporter, je l'ai rencontré dans les points les plus
chauds. Je n'ai jamais su s'il arrêtait les cata-
strophes naturelles ou les déclenchait. Août, après
un petit signe de tête en hommage à la science de
Novembre, avait repris :

« Le second signe qui aurait dû nous alerter fut
l'incident sur la route de Berat. La visite à Berat
est une obligation touristique. On l'appelle "la
ville aux mille fenêtres", parce que chaque maison
se hisse au-dessus de l'autre pour profiter de la
vue, comme on prend appui sur son voisin de
devant pour regarder par-dessus son épaule. Rien
ne manque. Une citadelle turque, les restes du

palais Vrioni, une ancienne cathédrale un peu récente, 1852, une charmante ancienne mosquée dite des Célibataires, de 1826, une autre ancienne mosquée dite des Plombs. L'inculture du guide officiel du point de vue religieux était massive : destination des bâtiments, sujet des tableaux, sens des lieux, tout était gommé de l'histoire. Il faisait très chaud. Assez étrangement, c'est la première fois dans cette ville musée si bien conservée par les autorités communistes que j'eus le sentiment de la lourdeur implacable du régime.

« La surprise vint au retour. Dans la deuxième voiture, les invités. Dans la première, devant, le chauffeur-garde du corps et l'ambassadeur spécial qui nous accompagne ; derrière, l'oncle et moi.

« Nous croisons des attelages pittoresques, chevaux, ânes, bœufs, des tracteurs épuisés, des paysans kalachnikov sur le dos. À gauche, une plaine kolkhozienne à céréales hérissée de bunkers ; à droite, des vergers socialistes. Au loin, des montagnes dont les convictions semblent albanaises. Je somnolais, quand je suis réveillée par la conversation. Une autre voiture avait pris derrière nous la place de nos amis. L'ambassadeur spécial : "Il nous colle, celui-là." L'oncle : "La voiture bleue, corps diplomatique ? Depuis le départ.

— Ah, vous avez remarqué ? Ici, c'est l'ambassade de Hongrie qui est chargée de faire rapport aux Organes à Moscou sur les visites d'Importants Hôtes Étrangers.

— Troisième direktorat, dit l'oncle.

— Cinquième section, ajoute l'ambassadeur spécial. Ils m'embêtent. Pardonnez mon français.

— Votre français est excellent."

« Le chauffeur-garde du corps intervient, d'une phrase en albanais. L'ambassadeur spécial répond d'un mot. Le chauffeur se retourne avec un sourire qui montre ses dents. L'ambassadeur spécial dit en français : "Tenez-vous bien." Le chauffeur accélère brutalement. "Ils nous suivent, dit l'ambassadeur. — Ils essaient, dit l'oncle. — Ils vont voir", dit entre ses dents le chauffeur, ou quelque chose comme ça. Il accélère encore. Les vitesses grincent, le moteur hurle, on évite de peu un camion russe, une charrue locale, un autocar chinois, la poussière monte de la route jusqu'à barrer la vue.

« D'un coup de volant, le chauffeur braque à gauche, puis redresse. Mais la voiture suiveuse, elle, est allée dans le fossé. Nous avons juste le temps d'apercevoir dans le rétroviseur les passagers qui essaient de s'en extraire en pestant peu diplomatiquement. "Ah, ah, dit l'ambassadeur spécial. — Hé, hé", dit l'oncle. Le chauffeur ne dit rien. Son sourire est si large qu'il atteint les oreilles et qu'on le voit de l'arrière. Nos amis ont repris leur place dans le convoi.

« À l'arrivée, ils ne s'étonnent pas de l'incident. "Ils conduisent vite, ici, fait remarquer l'un. — Sûrement l'influence italienne", affirme l'autre. Ainsi fut clos dans la discrétion l'épisode "pacte de Varsovie" de notre programme touristique. »

Août avait séduit son public. Plus personne ne bougeait. Nous osions à peine respirer. Comme nous l'aimions, le Cercle et ses récits exemplaires. Comme je l'aimais, elle, quand ses yeux brillaient et qu'elle avançait une épaule. Mais nous avions encore l'impression que ce soir-là tout n'avait pas été dit, qu'un mystère planait toujours sur les ailes hésitantes de l'alizé, que nous n'étions pas à la fin de l'histoire qui seule donne un sens à l'Histoire. Août changea de coude, rejeta ses cheveux en arrière.

« Je continue ? »

Nous ne répondîmes même pas.

« Il nous restait au programme à visiter le château fort-musée de Skanderbeg, haut lieu de la résistance du héros albanais pendant près de cinquante ans au XVIᵉ siècle à la puissance turque. Un mauvais Viollet-le-Duc culturel était passé par là, mâchicoulis stalino-nationalistes à l'extérieur, armures historico-patriotiques à l'intérieur.

« La vieille ville, si on cherchait bien, possédait les ruines émouvantes de plusieurs turbés et tekkés bektashis, dont ceux de Baba Ali et de Zemzem Baba. L'esprit, malgré la dureté des temps, la pesanteur du jour et loin des cortèges officiels, y soufflait sa petite musique de fontaine pour celui qui voulait l'entendre.

« Il faut savoir, reprit Août, que dans la spécificité albanaise, il y avait interdiction totale de la religion. Totale. Ce qui n'a jamais été le cas dans aucun pays communiste, y compris l'URSS, où les dignitaires de l'Église orthodoxe étaient reconnus et plutôt assimilés à une section du KGB, avec grades et avancement. L'Albanie, elle, avait détruit toute trace de religion (églises et mosquées rasées ou transformées en salles de sport et musées de propagande) et tout signe extérieur était strictement prohibé. Un attaché d'ambassade qui voulait épouser religieusement une secrétaire catholique d'une autre ambassade devait quitter le pays pour la cérémonie. Cette interdiction de toute religion — unique au monde, je le répète — avait été sanctionnée par un référendum : oui, *à l'unanimité des voix* de toute la population albanaise. Abstention : *une*. Je ne sais quel humoriste ignoré dans l'appareil du Parti avait eu l'idée de ce bulletin unique d'abstention.

« Pour la visite au nid d'aigle historique de Skanderbeg, compte tenu de la valeur historique du lieu et de son message politique (peut-être aussi à la suite de l'incident routier avec les Hongrois au service des Organes), nous étions accompagnés par le secrétaire d'État à la sécurité, personnage clé du système policier intérieur et qui avait été formé dans le temps à Moscou. Il était un élément essentiel du réseau réformiste et ressemblait à une musaraigne diplômée de droit administratif. La foule des ouvriers, paysans, enfants des écoles, militaires en permission obligatoire piétinaient, canalisés par les miliciens. Je m'étais habillée de la façon que je pensais la mieux adaptée : blue jean et chemisier largement ouvert. Sans que cela impliquât en rien une option philosophique, je portais au cou — c'était la mode — une chaîne avec une petite croix en or. Le regard d'un milicien s'y arrêta, qui alerta un sous-gradé, qui alerta un gradé. Et une manière d'officier subalterne au front laineux de bélier s'approcha de moi sans un mot et, d'un geste sec, rapide, m'arracha la croix.

« J'ai, je crois, poussé un cri de surprise. C'est un rugissement sorti du plus profond de ses entrailles que fit retentir l'oncle tuteur, comme jamais on n'en avait entendu depuis le XVIe siècle sur la terrasse du château de Skanderbeg. Il m'avait vue agressée, quasi violée, des marques de doigts rouges sur le cou. Il se lança en avant, bouscula deux miliciens accourus en protection et gifla à toute volée leur gradé, qui vacilla sous le choc. D'une seconde gifle, mon oncle le redressa. Le protocole devait se voiler la face. Le secrétaire d'État à la sécurité, dont la figure avait viré au violet, bredouilla des excuses en accusant le comportement imbécile de subalternes non suffisamment formés politiquement. L'oncle continuait à grommeler des paroles de fureur. Le secrétaire d'État à la sécurité, élevé à l'autocensure, crut bon d'aller plus loin dans les explications, ce qui est toujours dangereux. Il dit : "Nous ne savions pas. Pardonnez, Excellence. Fiche très incomplète. Faute grossière. — Quoi ? éructa l'oncle. — Nous pensions, Votre Honneur, que c'était seulement une secrétaire. Pas votre petite amie" (ou une expression assez proche en russe). »

Août s'arrêta un instant dans son récit et eut un sourire si charmant que, dans la demi-clarté de la lune, tous les membres du Cercle le remarquèrent et en furent ravis.

« L'oncle tuteur devint très rouge, très blanc, ses lèvres bougeaient sans proférer un son. Jusqu'ici, avec le ministre albanais, il parlait russe.

D'un coup, il se mit à crier en allemand, langue qui lui parut mieux convenir à l'expression de la violence. "Sale con, hurlait-il, sale petit con !" Et il se redressa, tapa de son poing fermé, d'en haut, sur la tête du secrétaire d'État. Pas une gifle ou un coup de poing classique. Non. Un coup de massue, de tout son poids, sur la tête. Le secrétaire d'État à la sécurité se ratatina lentement, progressivement, les genoux peu à peu pliant sous lui, jusqu'à s'asseoir par terre en ce haut lieu de la résistance albanaise à l'invasion turque. Les touristes et délégations, ouvriers, paysans, écoliers, militaires, ne savaient s'ils devaient rire ou pleurer et se cachaient les yeux. Manifestement, de grands événements se passaient entre puissants de ce monde, qu'il valait mieux éviter. Mon oncle reprit le russe et dit au membre écroulé du gouvernement : "Pauvre con. Ce n'est pas ma secrétaire. Ce n'est pas ma petite amie. C'est ma fille." »

Août s'étira dans son fauteuil. Les membres du Cercle ne bougeaient pas un cil. Ce fut Novembre, l'homme de l'ombre et le plus lié à Janvier, qui de sa voix si ténue, après avoir serré sa laine autour de son cou, brisa le silence le premier :

« Ainsi, c'est bien vous, la fille de Janvier... »

Le pasteur Avril ajouta : « Ah, mon enfant... »

Il n'y eut aucun autre commentaire. Dans la nuit de Tadjoura, une clé venait d'ouvrir une porte.

&

Chacun de nous, les yeux au ciel, se laissait aller à ses pensées et les souvenirs remontaient.

C'était sûrement Janvier qui avait mis une croix contre l'élection d'Août, puis, devant la quasi-unanimité en sa faveur, un bulletin blanc. Quel père aurait trouvé que la place de sa fille était dans ce club de vieux aventuriers ? Et est-ce qu'Août avait voulu battre son père ? Non. Je me souvenais. C'était pendant la tempête à Molène, en décembre. J'avais crié dans l'escalier de Ker an Doal : « Tu votes comme moi ? » Sans préciser. Elle avait dit oui, sans demander à quoi. Et sa voix avait fait la différence, elle avait pris la place de Janvier, et aujourd'hui elle racontait à sa place.

Le silence se prolongeait. La lune était au plus haut. L'océan Indien, immobile, la reflétait par larges flaques comme s'il avait plu sur la mer. Août n'osait pas briser cette absence de bruit presque oppressante, cette lumière trop froide. Moi non plus, tant je sentais la force des sentiments qui devaient être les siens, et un peu les nôtres.

L'un de nous dit, et je ne sais vraiment plus lequel, peut-être le taciturne Juin, comme pour changer de sujet :

« C'est une nuit à réciter des vers. »

Le général Gubbins et les règles du Cercle interdisaient la littérature. Le général Gubbins et les règles du Cercle n'avaient plus aucune importance. Les compagnons du roi Arthur étaient capables de résister à bien d'autres enchantements où les diables se déguisaient en ermites dans les forêts profondes de la Bretagne bleue et les fées en demoiselles dans les châteaux magiques de Cornouaille qui n'étaient que nuées.

Juillet, fils trop léger d'un héros, l'ébouriffeur, l'aristocrate flambeur et un peu escroc qui avait la double nationalité française et vénézuélienne, et semblait toujours à la recherche d'un rôle ou d'un masque, Juillet trouva le mot juste :

« Je ne connais qu'un poème d'amour. Quand j'étais enfant, j'ai entendu si souvent mon père le réciter à ma mère que je peux vous le réciter encore. »

Et dans un silence d'abord surpris, puis respectueux, il dit d'une voix assez belle :

« Ce long jour a fini par une lune jaune
Qui monte mollement entre les peupliers,
Tandis que se répand parmi l'air qu'elle embaume
L'odeur de l'eau qui dort entre les joncs mouillés.

Savions-nous, quand, tous deux, sous le soleil torride
Foulions la terre rouge et le chaume blessant,
Savions-nous quand nos pieds sur les sables arides
Laissaient leurs pas empreints comme des pas de
*   [sang.*

Savions-nous, quand l'amour brûlait sa haute flamme
En nos cœurs déchirés d'un tourment sans espoir,
Savions-nous, quand mourait le feu dont nous brû-
*   [lâmes,*
Que sa cendre serait si douce à notre soir,

Et que cet âpre jour qui s'achève et qu'embaume
Une odeur d'eau qui songe entre les joncs mouillés
Finirait mollement par cette lune jaune
Qui monte et s'arrondit entre les peupliers ? »

Chacun put croire un moment que les têtes des arbres qui frémissaient sous la brise légère n'étaient plus celles des palmiers et que les palétuviers des vastes mangroves étaient devenus joncs et roseaux. Rien n'existait plus cette nuit à Tadjoura que la lune elle-même et la nuit.

Il y eut un moment de bonheur. Mais déjà je pensais : le mois prochain, c'est Février. J'espère qu'il ne va pas nous gâcher notre bonheur. Mon bonheur.

On se séparait. L'un de nous demanda :

« Et quel a été finalement le résultat de la mission de Janvier ? Quel conseil a-t-il donné ?

— Autant que je sache : si vous voulez garder le pouvoir, ne gardez pas le monopole du pouvoir.

— Ce qui veut dire ?

— Supprimez l'article 6. »

2

FÉVRIER

Toute vie a son trésor

L'estuaire de la Charente est l'un des plus beaux qui soient. Loin dans l'intérieur des terres, la marée remonte et l'on peut voir des cargos accoster les quais de Rochefort. Toute la ville est un musée naval. Jusqu'à l'embouchure, les hautes berges sont désertes, seulement gardées par les étranges sentinelles des carrelets suspendus par les pêcheurs au-dessus de l'eau limoneuse.

L'estran est immense, fait de roches plates et de vasières parcourues des courants du flot et du jusant. Au sud l'île d'Oléron, au nord l'île de Ré, en face l'île d'Aix. Où est la terre, où est la mer ? Seule la Charente s'y reconnaît. La Charente et les pêcheurs d'huîtres.

Février nous avait donné rendez-vous à l'extrême pointe de l'estuaire, après Port-des-Barques, à l'île Madame, qu'une chaussée qu'on appelle « la passe aux bœufs » relie au continent à marée basse. Dans l'île, qui est plutôt un îlot, on devait laisser à main droite un ancien fortin très bas du XVIIe siècle abandonné au pied d'un grand pin, quelques bâtiments écroulés, une croix en galets dessinée sur le sol. Qu'est-ce que ce libraire réactionnaire allait bien pouvoir trouver comme justifi-

cation symbolique à un endroit aussi perdu que la
saison rendait encore plus gris et humide ?
Novembre, qui avait peur d'attraper froid même
à Tadjoura, disparaissait sous les cardigans, pull-
overs, duffle-coat, trench-coat (contre le climat, il
ne faisait confiance qu'aux Anglais). Le pasteur
Avril avait selon son habitude pris sa tenue pour
excursion en montagne moyenne, brodequins à
clous, loden, alpenstock. Juillet était en yachtman
de gros temps, même si le vent était comme le
reste du paysage, doux et triste. Comment était
habillé Juin ? Personne ne le remarque jamais. On
ne se souvient que de ses lunettes acier et de son
regard à peu près du même métal. Le calcul intégral et la physique nucléaire n'ont pas de vêtements. Et Août ? J'avais essayé, sans succès, de
l'entraîner avec moi pour une étape à Cheverny,
dans la vieille maison, au coin de l'âtre où brûlent
de si grands feux. Mais elle n'avait pas la tête
à la nostalgie du temps perdu et retrouvé. Très
franchement, elle était habillée n'importe comment.
Cela avait l'air de la mettre de bonne humeur.

Les uns après les autres, nous sortions de nos
taxis en nous assurant de l'endroit et en nous
saluant. Le rendez-vous était bien cette ferme éco-
logique au bout de l'île Madame, battue par le
vent entre des haies courtes à toucher l'eau, des
parcs à huîtres, des poneys, des poules, une vache.
La ferme faisait aussi restaurant. Produits garantis
naturels. Service familial.

Les patrons très aimables et, si j'ose dire, eux
aussi naturels, nous indiquèrent la seconde salle
dans une grande véranda. Effort de décoration

minimum, mobilier plastique le plus simple. Par quel miracle Janvier était-il déjà là, installé dans une sorte de baquet en osier rembourré de coussins, dont je me demande encore à quel usage agricole (ou ostréicole) il pouvait bien servir ? Il nous salua en pinçant légèrement les lèvres, ce qui était chez lui un signe d'amitié particulièrement chaleureux. Février, en maître de maison, distribuait les places avec onction, comme si nous étions à l'enterrement d'une haute personnalité aux Invalides. Il avait pour Août des égards excessifs. Un bon ordonnateur des pompes funèbres devrait savoir rester à sa place.

Nous nous installons en nous demandant pourquoi l'île Madame, si sympathique soit l'hôte. Les grandes tables ne manquent pas dans la région Poitou-Charentes. Il est radin, Février, et ici on lui a fait des prix ? Couvrons-nous. Un fin brouillard pénètre dans la pièce. Novembre va lui-même vérifier la fermeture des fenêtres. Il y a du vin blanc sur la table, une sorte de muscadet peut-être. Août déclare :

« La séance est ouverte. La parole est à Février pour justifier le lieu de notre dîner. S'il y réussit. Ensuite, je vous le rappelle, nous voterons. Puis le récit du mois. Courage. »

Elle avait l'air de se fiche de tout. Mais Février est inaltérable à l'humour. Il dit :

« Et si on votait d'abord ? Je me sentirais plus libre pour raconter.

— Ah, les artistes, dit-elle. D'accord. Commençons par le vote. Il faut remplacer notre ami Mai mort dans les tristes conditions que nous connaissons. Les règles du Cercle interdisent la minute de silence. Pour penser à une vie, c'est trop peu, ou trop. Nous avons deux candidats, c'est rare. Et difficile, compte tenu de nos obligations très strictes de majorité. Pas plus d'une croix (refus absolu) au premier tour, pas plus de deux bulletins blancs au second. J'ai prévenu les intéressés. Ils ont décidé de se maintenir tous les deux. Bon. Allons-y. L'un est Julius, rescapé des camps de la mort, terroriste à gages, aventurier du tourisme exotique. Plusieurs d'entre nous le connaissent très bien, Juillet et Octobre notamment. Et le très célèbre Dr M., champion courageux de l'action humanitaire dont tous ont entendu parler. Pas de question ? On vote. Premier tour. »

J'hésite. Deux anciens amants d'Août, c'est connu, et un peu trop pour moi. J'hésite entre la croix et le bulletin blanc. Soyons élégant. Bulletin blanc. On dépouille. Dix votants, une croix, un bulletin blanc, quatre voix pour Julius, quatre voix pour le Dr M.

« Pas de majorité », annonce Août.

Je suis sûr que c'est elle qui a mis la croix. Je ne vais quand même pas choisir à sa place entre ses ex. Bulletin blanc. Deuxième tour. On dépouille. Quatre voix pour Julius, quatre voix pour le Dr M., deux bulletins blancs.

« Pas de majorité », dit Août d'un ton détaché.

C'est tout juste si elle ne se fait pas les ongles. L'un de nous se penche alors sur son voisin pour murmurer : « Après tout, Mai *en était*, rappelant ainsi son homosexualité. Julius *en est* aussi. Le fauteuil de membre du Cercle des douze Mois lui revient. » Un autre murmure est né, seulement comme une question : « Situation délicate pour Août, non ? Peut-être ne devrait-elle pas prendre part au vote ? » Les deux murmures ont dû arriver jusqu'à elle ensemble. La réponse va venir vite : « Troisième et dernier tour. » Je vote toujours blanc. Dépouillement. Un seul bulletin blanc. Six voix pour Julius, deux de plus, trois pour le Dr M., une de moins.

« Le quorum est atteint, la majorité aussi. Julius est élu, dit Août en se regardant dans le miroir rouge de ses ongles, doigts tendus. Désormais, pour nous il sera Mai. »

Elle a voté pour Julius, c'est clair. Il ne fallait pas la provoquer. Bon. Je préfère quand même celui-là. Il lui tiendra la main en soupirant. Les tueurs ont des faiblesses qu'il faut savoir excuser. Mais tout commentaire est coupé par un rugissement qui vient du bout de table :

« Qui cherche à nous empoisonner ? Halte au complot. »

C'est Janvier qui se plaint du vin. Le patron explique le cépage, l'année, le sel, le vent, le sable, la mer — la nature, quoi :

« La première impression est un peu rude, mais la longueur en bouche permet une seconde impression, avec un boisé intéressant...

— Donnez-moi un graves, n'importe lequel. Pas de graves ? gémit Janvier. Aucun ? Incroyable. Je ne vais quand même pas boire du bordeaux supérieur. Alors, du Coca-Cola. Tenez, je préfère carrément du Coca-Cola. » Sa voix de fausset

rebondit au plafond. De fureur, il boit quand
même un troisième verre de blanc. « Ouais-ouais.
Boisé, c'est vite dit. Intéressant, c'est à voir. Il y
a plus de terre que de végétal dans ce nez-là.
Allons pour sous-boisé. Patron, votre vin n'est pas
si mal que ça à la relecture. Ne le refroidissez pas
trop, vous le cassez. Seulement frais, compris ?
Tout est dans la longueur. »

Août s'amuse franchement. Depuis que le fait
qu'elle soit la fille de Janvier n'est plus un secret,
elle semble s'être émancipée.

« Mon cher Février, quelle idée vous a conduit
à nous recevoir au fin fond de cette étrange île
Madame et de la mystérieuse passe aux bœufs ?

— Un symbole, chère présidente, un symbole.
Seuls les dévots marxistes de l'intelligentsia parisienne ont pu croire que l'histoire avait un sens
qui justifiait tous les massacres. La formule
"Tuez-les tous, Dieu reconnaîtra les siens" n'a
jamais été prononcée par un religieux, mais sous
la forme : "Pour les ennemis de notre système,
quatre murs c'est trois de trop", par le chef de la
sinistre police politique de Lénine. Staline ne fera
que suivre. Mao ajoutera quelques zéros aux
chiffres des victimes de la tyrannie. On nous casse
les pieds en permanence avec celles de l'Inquisi-
tion qui, en trois siècles, n'a pas fait trois mille
morts, alors que les Soviétiques, en moins de
trente ans, en ont fait des dizaines de millions. Les

prêtres et moines russes notamment : près de deux cent mille ! Lénine, à une demande d'instructions chiffrées, avait simplement répondu : *Le plus possible*. On en parle ? Non.

— Alors, le symbole ?

— J'y viens, mais un moment de réflexion encore. Parce qu'il faut bien aujourd'hui poser la question : Qui a le droit de tuer ? Certains peuples, pas d'autres ? Certains régimes, pas d'autres ? Qui apprend en classe toutes les horreurs dont la Grande Révolution française s'est rendue coupable ? Il n'y a pas que les noyades de Carrier à Nantes et les fusillades de Foucher à Lyon ! Le général Turreau chargé de la répression en Vendée, et dont le nom est gravé sous l'Arc de triomphe à Paris, avait écrit à la Convention : "Je peux me vanter de n'avoir fait aucun prisonnier"... »

Février reprend haleine. Il y met tant d'émotion qu'il va finir par nous émouvoir, alors que la plupart d'entre nous ne sont vraiment pas de la même chapelle.

« Étant régionaliste, et comme ni la Vendée ni Nantes ne sont dans ma région Poitou-Charentes, j'avais le choix entre deux hauts lieux symboliques. D'abord La Flotte-en-Ré, lieu de naissance de Gustave Dechezeaux. Dechezeaux est un négociant aisé, protestant convaincu, Vénérable de la loge maçonnique, adepte des Lumières, partisan d'une évolution démocratique de l'Ancien Régime, homme sage, cultivé, hostile à toute violence. Il est pour la République. Naïveté funeste. C'est Rivarol qui avait raison en écrivant de la fameuse

déclaration des Droits de 1789 : "préface crimi-
nelle d'un livre impossible". Il vote contre la mort
de Louis XVI. Il prend position contre la dictature
de la populace qui a envahi l'Assemblée nationale
en mai 1793. Il rend compte de sa position à ses
électeurs charentais. C'est peut-être ce souci de
responsabilité démocratique directe que les appa-
ratchiks de l'époque lui pardonneront le moins.
Décapité à Rochefort après un procès de style sta-
linien. Une plaque à La Flotte-en-Ré rappelle son
souvenir.

GUSTAVE DECHEZEAUX
DÉPUTÉ À LA CONVENTION NATIONALE
NÉ EN 1760
INJUSTEMENT CALOMNIÉ
MORT SUR L'ÉCHAFAUD À ROCHEFORT
LE 28 NIVÔSE AN II (17 JANVIER 1794)

RÉHABILITÉ SOLENNELLEMENT
PAR LA MÊME CONVENTION NATIONALE
L'AN III DE LA RÉPUBLIQUE

« J'ajoute que le décret de la convention de
l'an III précisait *victime de la tyrannie*". Vous ne
trouvez pas que les révolutionnaires au pouvoir,
en tous temps et tous lieux, décernent un peu trop
de réhabilitations à titre posthume ?

— Et alors, dit Août en jouant avec sa fourchette en alu, pourquoi pas La Flotte-en-Ré ?

— Nous aurions dû, évidemment, nous réunir
pour le dîner au Richelieu, une des meilleures
tables de France. Léon Gendre est notre ami à
tous. Mais la salle était prise. »

Comme s'il n'y avait qu'une salle au Richelieu ! Je le savais bien, il est radin. Je ne laisse pas
tomber et je dis :

« À La Flotte, il y a aussi le si sympathique
Écailler.

— Malheureusement, il est fermé en février. »
Très vite, il enchaîne : « Mais le symbole est aussi
fort ici, à l'île Madame. Puis-je rappeler que,
parmi les victimes de l'échafaud, il n'y a que 10 %
à peine d'aristocrates ? 90 % des tués appartiennent au peuple. Dont un de mes ancêtres qui était
un modeste garde-chasse. Le peuple, et les curés.
Seulement, la guillotine n'est pas assez rapide. On
expédie les prêtres enchaînés vers Rochefort et
Bordeaux avant de les déporter en Guyane où on
compte sur le climat pour les exterminer. Spectacle d'horreur. Ce sont des forçats dévorés de
faim et de vermine qu'on embarque, à défaut de
navire de haute mer, sur des pontons mouillés
devant l'île Madame. La technique des négriers
est utilisée pour l'entassement maximum, sans
espace, sans air, avec la nourriture la plus infecte
et l'eau croupie de la sentine. Mais les négriers
tenaient à leur intérêt et voulaient sauver leurs car-
gaisons : ici, il s'agit de la perdre. En quelques
mois, sur plus de huit cents prêtres, il en survivra
seulement deux cents. S'ils sont pris à réciter une
prière, c'est le fouet, les fers, la mort. On surveille
les lèvres qui bougent. Les riverains de la Charente ne veulent plus voir défiler ces cadavres
décharnés qui vont propager la peste. On renonce
à les jeter à la mer. On les enfouit grossièrement

dans la vase. Ils sont ici, autour de nous. J'ai été trop long ?

— Quel connard, ce Février, dit Décembre, plutôt affectueusement.

— C'est gai, ici, dit sévèrement Septembre, un Corse non seulement froid, mais républicain.

— Moi qui suis pour le Trône et l'Autel, conclut Juillet, appelé familièrement le Marquis, je suggère la fin de l'explication des symboles et qu'on passe au dîner.

— Huîtres de la ferme, annonce gentiment le patron. Je vous ressers de mon vin blanc maison ? »

Août sauve la situation.

« Les huîtres ont l'air délicieuses, dit-elle. Rien ne vaut la nature. »

J'ai oublié de signaler que Février est petit, ou se trouve trop petit, ce qui est pareil. En compensation, il tend le cou et dresse le menton. Il s'est fait mettre un coussin de plus sur sa chaise.

« Mon récit exemplaire est celui d'un homme qui toute sa vie a eu le courage de dire non et de sacrifier carrière, honneurs, avantages à ses convictions. Mon père...

— On n'en sort plus, remarque l'un.

— Ah, les réunions de famille », glousse un autre.

L'atmosphère est, on pourrait s'en étonner, plutôt à la rigolade. Il faut bien réagir dans cette brouillasse. Amicale, je précise. On l'aime bien, Février. Même s'il n'a pas encore fini de se hausser du col et s'il m'énerve pour d'autres raisons. C'est un véritable aventurier dans son genre. Un explorateur du passé, un émigré de l'intérieur, un combattant de l'inutile. Avec une formation différente et d'autres dispositions physiques, il aurait conquis l'Everest, au moins un premier 8 000. Ou battu le record spéléologique de la durée dans le noir en solitaire. Il appelle de Gaulle le colonel de Gaulle en refusant sa promotion de général à titre provisoire en 1940 et il se retient pour ne pas dire la gueuse en parlant de la république. Il ne date pas, il refuse les dates. Il a été, il est pour le roi, le maréchal Pétain, l'Algérie française. Pas de problème. C'est un courageux. La règle ici est de respecter les hommes pour la qualité de leur engagement, pas pour la couleur de leurs opinions. Sinon, très vite on ne se parlerait plus entre nous. Allez, Février, hommage à Monsieur votre père. Les règles du Cercle autorisent avant le récit lui-même des explications personnelles qui l'éclairent et garantissent son authenticité.

« Mon père, reprend-il, avait fait des études de pharmacie. Des études militaires. Contre un engagement de servir dix ans, l'État payait les frais. Le petit séminaire, qui permettait traditionnellement l'éducation gratuite des jeunes campagnards méritants, avait été fermé par les sbires du renégat Combes. Mon père était un homme rangé, droit, consciencieux, je dirais même méticuleux, comme il était nécessaire autrefois dans les responsabilités d'une officine rurale. Seul de toute son école, il ne fut pas nommé officier, bien que reconnu comme pharmacien de première classe. Une fiche contre lui, qui était une condamnation. Les héritiers du général André continuaient à frapper. Ce n'était pas : "Va à l'église avec un paroissien", mais : "Ses *fils* sont dans une école confessionnelle." Pour les sectaires de la République, les filles, on avait le droit. Pas les garçons. Il se retrouve au service de santé des armées comme adjudant. Guerre de 14. Plus de quatre ans de souffrances et de périls. En 1919, il est démobilisé. Adjudant-chef, médaille militaire. Il s'établit comme pharmacien à Beauvoir-sur-Niort, à côté de sa famille, dans le sud des Deux-Sèvres. Les officines rurales sont moins chères à acheter.

« C'est là que je suis né en 1938. On me racontera les désordres des grèves et des scandales de la IIIe. On me racontera le vacarme des stukas attaquant en piqué les colonnes de réfugiés qui poussaient des brouettes, de charrettes à cheval surchargées, de militaires débandés dont on ne sait s'ils fuyaient les Allemands ou recherchaient leurs officiers. Je tiens à souligner que, malgré les sabotages des moscoutaires et l'amoralité des partis politiques au pouvoir, des soldats français se battirent héroïquement. Charles Maurras n'a jamais qualifié notre défaite de "divine surprise". C'est l'intervention du Maréchal qu'il saluait ainsi, pour remettre un peu d'ordre et de dignité dans notre malheureux pays. »

Je me dis : C'est étonnant, il a l'air d'un vieux, Février. Pourtant, il est l'un des plus jeunes de nous tous.

« En 1947, mon père est contacté pour jouer un rôle dans l'association des anciens combattants qui vient d'être créée sous le nom de "légion". Porte-drapeau des médaillés militaires au niveau de l'arrondissement, il n'hésite pas. Il répond présent. Cela lui vaudra un odieux traitement à la Libération : enfermé pendant trois jours dans une soue avec deux dents cassées... Un cousin gendarme et un oncle ecclésiastique de gauche — oui, déjà —, qui était quelque chose comme aumônier dans le maquis, l'ont fait libérer avec des excuses. On ne pouvait lui reprocher que son patriotisme. J'avais à peine dix ans. En classe, les petits camarades n'ont pas attendu longtemps pour tout me raconter avec des détails horribles. J'ai décidé de ne m'intéresser qu'aux livres. Mais je n'ai pas changé de convictions. Vive la mémoire de Gustave Dechezeaux et celle des milliers de martyrs de l'île Madame.

— Bon, dit Août. On n'en est pas encore aux toasts. » Son sourire charmant fait oublier sa tenue vestimentaire informe. « Est-ce que Février peut commencer son récit exemplaire ?

— Mais je l'ai commencé ! Tout vient de mon père ! De l'injustice faite à mon père. Pourtant il avait donné des médicaments à des résistants sans leur demander d'ordonnance. Il avait gardé une nuit à la maison un aviateur anglais évadé. Il avait prêté à un juif un vélo que nous n'avons jamais revu. Mais ça, on n'en parlait pas.

« Il ne voulait pas une revanche, non. Agir, oui. 1947. L'action va devenir un devoir. Plus personne en France ne semble se souvenir de la situa-

tion telle qu'elle était. On ne lit pas assez Roger
Faligot et Rémi Kauffer. La guerre froide va éclater entre l'Est et l'Ouest : plan Marshall, création
du Kominform, coup de Prague, puis l'OTAN, le
pacte de Varsovie, etc. Ramadier, socialiste à bar-
biche et charentaises, en 1947 met à la porte les
ministres communistes et dénoncera "le chef d'orchestre clandestin" des grèves insurectionnelles.
Le gouvernement — de gauche — rappelle une
classe pour aider au maintien de l'ordre. Les
usines sont occupées. L'armée tire sur les gré-
vistes à Valence. Le ministre de l'Intérieur, autre
socialiste à poigne, dissout dans la nuit treize
compagnies de CRS, considérées comme peu
sûres. Les députés communistes, qui bloquent les
débats parlementaires, sont arrachés à la tribune
de l'Assemblée par la force publique après les
sommations conformément à la loi. Voilà les faits,
qu'on a oubliés. La guerre froide mondiale va-
t-elle commencer en France par la guerre civile ?

« Contre le péril communiste et l'impérialisme
soviétique, une sorte de mobilisation occulte s'ef-
fectue. Les anciens des commandos et des services
secrets, gaullistes et antigaullistes, retrouvent
d'autres ex-agents, agitateurs, terroristes, manipu-
lateurs parachutés, saboteurs de choc qui s'ennuient
la paix retrouvée. "Au commencement était l'action", dit le Faust de Goethe ? Non. *"Au commencement était l'ennui."* Les héros qui ne sont pas en
Indo ou à Tanger, vous les voyez après le bureau
rentrer gentiment à La Garenne-Colombes ? J'ai
assez lu de livres sur eux pour être comme eux.
Quand on a pris l'habitude des pseudos, des boîtes

aux lettres mortes, des rendez-vous clandestins, des messages personnels et du cyanure dans la dent creuse, vous croyez qu'on peut s'intéresser seulement à ses points de retraite ?

« Les vrais professionnels s'organiseront plus tard. Mais avant, il va se passer dans la forêt bretonne une sorte d'étonnante répétition ratée. Acteurs : des patriotes à la retraite, des rêveurs de l'essor régional contre Paris, des militants de la monarchie à retrouver. La République n'est pas de taille à lutter contre le danger à l'Est, ils en sont convaincus : les marxistes ont infiltré tous les rouages de l'État et attendent le prochain bond en avant de l'Armée rouge qui ne s'arrêtera qu'à Brest. La guerre mondiale est proche. Alors le devoir des bons Français est clair. Organiser la nouvelle résistance. Le capitaine Laverdet, le meilleur spécialiste des explosifs, un ancien anarchiste, est avec nous. Et le capitaine Desfarge, qui revient de l'école de guérilla de Ceylan. Et le commandant Birkin, oui, le père de l'actrice Jane Birkin. Et Roger Sadoun, alias Savagnac, pour le moment modeste attaché au commissariat au tourisme, ce qui lui permet tous les déplacements en province. Et tant d'autres... Des politiques. Des généraux. »

D'un geste, Août invite Février à se servir d'huîtres locales. Elles sont excellentes. Quelqu'un lui remplit amicalement son verre. C'est peut-être Novembre. Ou moi...

« Mais l'étonnant n'est pas la réapparition de toutes ces figures, c'est leur mélange avec d'autres qui n'étaient pas vraiment du même bord.

Comment je sais tout cela ? Mon père, je l'ai dit, est contacté. En tant que notable, médaillé militaire, il peut être un relais local important. Quelqu'un de sûr. J'ai douze ans. Imaginez mon cœur qui bat et mon âme qui s'envole, quand ces silhouettes illustres entrent chez nous, saluent mon père, parlent à mots couverts, surveillent les portes de devant, s'assurent des portes de derrière. À peine douze ans ! Et je suis un lecteur de la collection "Signes de piste" ! Dans la cuisine de la pharmacie familiale, tous volets clos, je vois défiler un par un, puis par groupes, tous les comploteurs du "plan bleu". Celui qui a contacté mon père, on l'appelait "le commandant". C'est lui aussi un ancien des Jeunesses royalistes, qui allait vendre *L'Action française* à la sortie des usines. Le commandant explique : "Beaucoup de nos amis se sont fourvoyés à Vichy, parce que le régime intérieur leur paraissait salutaire pour la France. Pas le régime nazi, non, celui de Vichy, qui avait pour modèle le professeur Salazar au Portugal : organisation économique et progrès social. À partir de novembre 42, nous les résistants antigaullistes soutenus par les Américains, nous les avons systématiquement contactés et enrôlés : c'étaient des patriotes. La plupart ont dit oui et rejoindront Londres et Alger en 43. Certains noms appartiennent à l'histoire de cette République."

« Se retrouvent à la maison le colonel Heurteaux, ancien de l'escadrille des Cigognes avec Guynemer, ancien cagoulard. Il va y retrouver un autre cagoulard, le Dr Menetrel, chef de cabinet à Vichy du maréchal Pétain. Alors que le commandant qui les a amenés avait été arrêté par la Gestapo et déporté, pour ne revenir des camps que par miracle ! À la maison, on voit encore plusieurs anciens "Jedburgh", des chevronnés de la Résistance, mais aussi "l'oncle Bip", le Dr Martin, un autre cagoulard célèbre. L'animateur de toutes ces rencontres est un grand résistant, le comte de V., qui a acheté un journal local de Dinan, *Rance vivante*, et le publie sans hésiter avec un F de plus, *France vivante* !

« Sur les conseils du commandant, nous ne changeons rien à nos habitudes. Mon père vend des potions et se bat avec les papiers de la Sécurité sociale. Dans la cuisine de la pharmacie, on sert le digestif sur la toile cirée. Le naturel est le meilleur ami du clandestin. Mais la meilleure amie est la méfiance. Et le comte de V. ne la connaît pas. Un faux aristocrate se présente à lui, Arouët de Mervë. Il aurait été facile de vérifier. Un "de", exulte V., sans vérifier. On se retrouve enfin entre gens comme il faut. Il convie le commandant, mon père et les autres dans son château de Lamballe. Il a mis les petits plats dans les grands. Jamais la lande bretonne n'a vu une réunion de cette qualité. Malheureusement, c'est une provocation signée Édouard Depreux, ministre socialiste de l'Intérieur. Pour pouvoir mieux donner un grand coup à gauche contre les communistes, il a jugé indispensable de donner un bon coup à droite contre nous.

« Dans la salle à manger de Lamballe, portraits d'ancêtres et candélabres d'argent, des cartes d'état-major partout. Les officiers supérieurs, on

ne les compte plus. C'est la guerre ? Non, cela va
être une rafle. Le commandant m'a raconté qu'il
avait averti V. sans succès du piège tendu par le
gouvernement. V. avait répondu, catégorique :
"Vous prenez le ministère de la Défense nationale.
Le gouvernement tombe demain et nous sommes
au pouvoir après-demain." Puis, il s'était adressé
à mon père : "Vous, vous prenez la Santé. Le
ministère de la Santé. On a besoin d'hommes
solides. Tout est à refaire." Mon père est donc sur
la liste des ministres. Et cette liste traîne sur la
table avec les cartes d'état-major. Arrestation
générale. Les noms ne vous diront rien aujour-
d'hui. Cela se passait en juin 1947. Le procès du
plan bleu devait défrayer quelques semaines la
chronique, comme on dit. Des témoins prestigieux
défilèrent à la barre : Pierre Clostermann, l'aviateur as des as. Duclos, dit Saint-Jacques, l'ami de
Fourcaut, premier Français libre en mission en
France occupée en 1940. Bourgès-Maunoury,
compagnon de la Libération et futur président du
Conseil. Marie-Hélène Fourcade elle-même. Le
colonel Rémy en personne. "Le vrai complot est
celui de ceux qui considèrent que l'URSS est leur
patrie", déclare-t-il à la barre. On oublia en sou-
riant le méli-mélo de soldats vieillis et de rêveurs
impénitents. Ils n'avaient jamais mis en danger
quoi que ce soit, sinon la vaisselle du château de
Lamballe. Fini le plan bleu. Mon père, qui avait
mal supporté la prison et souffrait du dos, avait
décidé de passer la main. "Je suis dans la réserve",
disait-il. Pas moi. J'avais douze ans et tout
commençait.

« C'est le commandant, toujours lui, qui viendra me chercher, quelques années plus tard. "On a besoin de jeunes comme toi. Maintenant c'est sérieux, les Américains et les Anglais ont pris les choses en main. Moins tu en sais, mieux tu te porteras. Mais l'OTAN nous couvre, et la section spéciale 9 de l'Intelligence Service. On ne peut plus recommencer les erreurs d'improvisation et d'amateurisme de 1940. Elles ont coûté trop cher. Il faut que les caches d'armes et de munitions, les réserves d'armes, les codes secrets, les réseaux d'agents et de sympathisants soient prêts. La technique est toujours celle de Cadoudal, mon garçon, mais la guerre est celle de l'Est contre l'Ouest, du soviétisme contre la liberté." Le commandant portait soir et matin et tous les jours de la semaine, qu'il vente ou qu'il pleuve, des lunettes noires. "Si on essaie de me décrire, tout le monde dira un type avec des lunettes noires. Pas besoin de fausse barbe ni de prothèse dentaire. J'enlève mes lunettes noires et je n'existe plus."

« Et moi, si je mettais des lunettes noires, est-ce que j'existerais ? Reprendre la pharmacie paternelle, je n'en avais ni le goût ni les diplômes. Je me serais appelé Kercaradec, j'aurais certes milité dans l'autonomisme breton. Et Ybarnegaray ou Hanispuru, dans le basque. Mais comme vous le savez, mon patronyme est un simple prénom de langue d'oïl extrêmement répandu. Pas de quoi se faire un argument et un drapeau. Je suis de Beauvoir-sur-Niort, département des Deux-Sèvres, altitude maximum 272 mètres au terrier Saint-Martin du Fouilloux. Il faut quand même un peu de crédibilité pour crier : Vive le Bas-Poitou libre, ou la Saintonge indépendante ou la mort ! J'ai renoncé. Je suis devenu libraire. J'ai créé un prix annuel pour un roman par lettres, le prix marquise de Sévigné. Le lauréat reçoit les félicitations du maire et une boîte de chocolats. Cela laisse du temps libre. Je suis devenu une sorte de comploteur en soi, toujours disponible mais sans spécialité. Un permanent du rêve raté. Le cardinal de Retz écrivait de Monsieur, frère du roi, "qu'il était de tous les complots parce qu'il y était très commode". Je suis commode. Au moment de l'OAS, je n'ai même pas été jugé. Six mois de prison préventive, c'est tout. Vexant. Je suis brouillé avec l'Histoire. »

L'hôte et sa fille apportent un gigot de pré-salé. « Gigot local, naturel », précisent-ils. Il est délicieux. Février laisse passer le temps du gigot naturel. Vin rouge, je crois un cépage cabernet sauvignon, qui dans la catégorie des vins de pays est plus qu'honorable. Janvier daigne le saluer d'une sorte de reniflement appréciateur.

« Peut-on connaître la suite des aventures du Commandant ? » demande Novembre de sa voix angélique. Il a l'air si réchauffé par le récit de Février qu'il a sans s'en rendre compte enlevé son trench-coat. « Ou est-ce trop confidentiel ?

— Tout a été publié, dit Février. Mais qui lit encore les livres ? C'est un libraire qui vous parle. Les bricoleurs du plan bleu ont été vite oubliés. Ils n'étaient pas des rétrogrades dépassés, comme on a dit à l'époque. Ils étaient en avance. Les professionnels, les vrais, prennent résolument en main

le problème de la résistance à un régime communiste qui serait installé par l'Armée rouge. La
quasi-guerre civile de 47-48 a été un avertissement, même si la direction du PCF ne s'y est
jamais directement impliquée. L'été 50, la guerre
de Corée va éclater dans le ciel mondial comme
une énorme fusée rouge. Alerte maximum à
l'Ouest. Les Américains lancent le réarmement de
l'Allemagne, les Français traînent les pieds, Mon-
net propose la CED, le Parlement français refuse.
Et, en attendant, les services organisent. Nom de
code : Gladio. Jamais un civil, comme moi, ne
pourra comprendre cette passion des états-majors
pour les organigrammes. Il paraît que celui de
1940 était tout simplement parfait. Celui de Gladio
a été publié aussi. Que de noms qui seront célèbres ! Je les cite ?

— Inutile, dit Janvier. On les connaît.

— En France, Italie, Belgique, Grèce, tout se
met en place. Gladio est la nouvelle armée européenne, la vraie, celle de l'ombre. Quelques
années plus tard viendront les compromissions et
dérapages. Avec les colonels à Athènes, l'extrême
droite en Italie, les accointances des "tueurs fous
du Brabant" en Belgique. La passion des services
d'infiltrer est telle que l'on ne sait plus qui
manœuvre quoi et qui intoxique qui.

« En France, pas de bavure. L'administration
française contrôle et elle est sérieuse. C'est le
patron des services (le SDECE à l'époque),
Ribière, socialiste et franc-maçon, qui a la charge
de démonter les vestiges du plan bleu et de créer
la structure nouvelle baptisée "Rose des vents".

Les Américains disent : "*Stay behind.*" Il fait appel aux réseaux qu'il connaît : franc-maçonnerie et Libération-Nord, d'où il vient. Tout baigne dans l'huile. Mais on est en France : il y aura deux formations rivales de Rose des vents, celle qui dépend des services rattachés au Premier ministre et celle dépendant directement des Armées et du ministère de la Défense. Vive les tribus gauloises. La République dite Quatrième continue à se débattre dans les douleurs de l'accouchement, crise monétaire permanente et crise politique tous les quatre mois et demi, comme si depuis 1945 elle n'avait jamais fini de naître. Les nouveaux présidents du Conseil à peine investis après des semaines de marchandages internes entre les partis doivent filer à Washington tendre la main pour obtenir un prêt.

— Qui se souvient aujourd'hui, dit doucement Novembre, que grâce à un système triangulaire avec les Américains, la guerre d'Indochine servait à financer notre déficit national ? » Et dans la chaleur du propos, il enlève son duffle-coat. Il garde quand même son tour de cou.

« Le commandant passe deux fois par an à la maison. Il met au courant mon père, même s'il n'est plus actif. Les réseaux dormants, ça existe. Mais les réseaux assoupis ? "Je dois sortir de la cuisine ?" je demande. "Non, dit le commandant. Il faut le former, ce jeune homme."

« J'ai quinze ans. Tout paraît possible. Chacun convient volontiers à droite comme à gauche que les institutions sont mortes et que la guerre vient. Chacun est contre l'impuissance gouvernementale, la gabegie administrative, l'affaiblissement de la morale. La perte de l'Empire (ici, les variantes commencent). Être contre, c'est facile. Mais pour quoi, pour qui ? Est-ce le retour du général de Gaulle au pouvoir ? Ou celui d'une gauche unie pure et dure ? Ou d'une troisième force qui se trouverait du muscle ? Il n'y a pas eu, en dépit d'un titre célèbre, "les treize complots du 13 mai" ; il y a eu treize ans de complots.

« Tout est possible dans cet air agité du temps. C'est la saison des faux-semblants. Vous vous souvenez de l'affaire du baron Horace ? Ou plutôt de l'escroquerie dont ce jeune baron fut victime et que la presse baptisa "Uranium à gogo" ? »

Nous sommes au moins quatre à la connaître. Janvier, bien sûr, Septembre, Novembre et moi. Mais nous ne mettons pas nos couteaux sur nos verres. Il peut continuer, Février. Il sait raconter, et même avec une verve de polémiste qu'on ne lui aurait pas soupçonnée. La droite française a de grandes réserves littéraires.

« Fin 1949. Le jeune baron Horace a tout pour plaire. Il a vingt-cinq ans et vient d'épouser la charmante fille d'une dame très riche, très sympathique, très influente, qui tient une sorte de salon politique. Mais lui ne s'intéresse pas aux combinaisons parlementaires. Il pourrait mener la bonne vie, il rêve d'une autre vie. L'insurrection communiste, la ruée des chars soviétiques dans les plaines

du Nord, le coup de Prague à Rome, Paris,
Londres, il ne pense qu'à cela. Il faut mettre l'Atlantique entre les envahisseurs et lui. Les États-
Unis, pas d'autre refuge. Mais d'abord se faire un
magot personnel sérieux. Celui de sa femme ne lui
suffit pas. Et comme c'est un joueur, il joue au
poker. Et comme c'est un personnage fantasque,
il rêve de jouer gros et avec des durs. Il ne sera
pas le seul dans le beau monde à rêver du milieu.
Heureusement pour lui, il va tomber sur des
escrocs plus imaginatifs que féroces. D'abord,
l'intermédiaire : M. Gaillard, un joyeux Méridional qui aime rendre service. L'interrogatoire par le
président du tribunal correctionnel en 1953 sera
digne du meilleur dialoguiste (avé l'accent...) :
"Profession ?

— Plagiste.

— Pardon ?

— Plagiste, monsieur le président.

— Et cela consiste en quoi ?

— La plage, monsieur le président. Et les
accessoires.

— C'est quoi, les accessoires de plage ?

— Les coussins, les peignoirs. La compagnie,
aussi. Il y a des messieurs très bien qui aiment
causer après le bain, des jeunes personnes qui se
sentent seules. Il n'y a pas que le sport dans la
vie, monsieur le président.

— Et cela vous occupe toute l'année ?

— L'été seulement. Je suis un saisonnier. L'hiver, je fais les transactions.

— Les transactions ?

— Eh bien, par exemple, monsieur le président,

le jeune baron Horace. Il cherchait des partenaires de poker sérieux, je lui trouve des partenaires de poker sérieux. Il voulait un client qui lui emprunte à 50 % d'intérêt, je lui trouve un client. Je rends service, c'est tout. Un jour, il me dit, je voudrais faire du trafic de cigarettes avec Tanger, trouve-moi un bateau à acheter. C'était la mode, les blondes en Méditerranée. Moi, je suis le type arrangeant, je lui trouve un bateau à acheter. Rien de mal à ça, non ? Alors il me dit, ce n'est pas les blondes avec Tanger qu'il faut faire, c'est l'or avec Dakar. Trouve-moi un bateau plus gros. Je lui trouve un bateau plus gros. Toujours rendre service. Pas interdit, trouver un bateau. Un jour, j'en parle avec des copains. On avait été voir un film, *La Bataille de l'eau lourde*. Superbe. Un grand film français. L'un de nous dit, le baron, il veut faire les cigarettes, il veut faire l'or, pourquoi il ferait pas l'uranium ? Et c'est parti. "

« L'interrogatoire d'identité des trois escrocs marseillais n'est pas triste non plus. Georges Alberto, Louis Gagitordone, Marius Carlicchi. L'un a été un peu aux travaux forcés, l'autre a fait plutôt dans la prostitution, tous les trois dans le marché noir. À partir de 1943 et de l'occupation de la zone Sud par les troupes allemandes, le milieu méridional s'est coupé en deux : les truands qui montent à Paris au service de la Gestapo, tristement célèbres, et ceux qui restent en place et dont plusieurs participeront activement à la Résistance. Les deux premiers des prévenus ont la croix de guerre. Le président du tribunal demande au

troisième, Marius Carlicchi : "Et vous, pourquoi
vous ne l'avez pas ? — Je suis un modeste, moi."

« Le baron, dans ses fantasmes, aime les tueurs.
Gaillard passera pour un tueur ou une victime des
tueurs. Au choix. On improvise. Le baron pense à
faire tuer l'homme d'affaires de sa belle-mère. On
y pensera. Mais l'argent manque. C'est Alberto
qui va attaquer. Un vrai talent de scénariste, lui
aussi. "Il y a un gros coup à faire, dit-il. La France
essaie de mettre au point une bombe atomique.
Les services secrets protègent notre seule réserve
d'eau lourde, une bonbonne. Les espions étrangers
la veulent. Il faudrait quelqu'un de courageux, de
sûr, très sûr. Qui la livrerait. Où ? (Il invente au
fur et à mesure qu'il parle, toujours avé l'accent,
bien sûr.) À Saint-Jean-de-Luz, à la frontière espagnole. Normal. Nous l'avons volée aux Allemands. Nous avons un accord avec les Espagnols
pour la leur vendre. Normal. C'est une façon de
la mettre à l'abri. Il y a quinze millions à sortir
tout de suite. À la frontière espagnole, dix-sept
millions à toucher. Deux millions pour un simple
convoyage. Mais il faut, je le répète, quelqu'un de
sûr. Un patriote. Vous n'en connaîtriez pas un, par
hasard, monsieur Horace ?"

« Deux millions cash, c'est intéressant. Mais le
baron se méfie quand même un peu : "Et pourquoi
le gouvernement, ou l'armée, n'avance pas les
quinze millions, si c'est une affaire d'intérêt national supérieur ?

— Impossible, monsieur le baron. Les espions
sont aux aguets. L'ennemi de l'intérieur est par-

tout. Impossible de faire apparaître de telles sommes dans le budget.

— Il faudrait quand même un officier qui me le confirme. Un officier supérieur.

— Mon chef est colonel. (Comment je vais l'appeler, celui-là. Un nom de boulevard. Pour un militaire, cela fera sérieux.) Le colonel Berthier, monsieur Horace. Je vous organise un rendez-vous demain."

« Le colonel Berthier, ce sera le camarade Gagitordone Louis. Et voilà. Le baron débourse. Dans la voiture du baron, départ pour Saint-Jean-de-Luz, avec la bonbonne dans le coffre. La bonbonne de Butagaz, c'est Louis qui l'a fournie. Il y a mis du sable. Le bouchon tient avec du sparadrap. Le moteur de la voiture chauffe. Le baron cale plusieurs fois. La nervosité. Et si c'étaient les radiations atomiques ? À Saint-Jean-de-Luz, personne au rendez-vous. "Il y a eu sûrement une fuite, dit Georges Alberto. Attention, on nous épie." On démonte. Retour à Paris. "Vous gardez la bonbonne chez vous, mais il faudra vous faire faire un gilet d'amiante que vous porterez en permanence. Contre les radiations."

« Pendant plus d'un an, les compères vont exploiter la crédulité — et l'appât du gain — de leur victime. Pour assurer sa protection, il faut payer secrètement des gardes du corps. Il ne les voit pas ? Ce sont des pros. Le baron veut revoir le colonel Berthier. A-t-il vraiment un poste important aux Armées ? Georges et Louis lui fixent un rendez-vous à midi à la terrasse du restaurant qui fait face à la grande entrée du ministère des Armées, boulevard Saint-Germain. Le baron y est, fébrile, à midi moins le quart. À midi cinq, Georges et Louis, qui sont entrés sous le porche et attendaient tranquillement à l'intérieur avant le poste interne de contrôle, sortent ostensiblement. Le baron, pour huit jours, est tranquillisé : il vit bien un grand roman d'aventures qui va lui rapporter gros. En attendant, il faut payer. C'est ça, les services secrets, disent en chœur les deux compères. Le baron met en vente pour cinquante millions de francs un collier de diamants de sa femme. Au procès, les Marseillais et le baron s'accuseront d'avoir gardé la meilleure part. On ne saura jamais les pourcentages. Mais le baron s'impatiente de nouveau. Maintenant, il veut voir un général, chez lui. Soit. Après-demain, dix heures chez lui, un général. C'est le troisième, Marius Carlicchi, qui joue le rôle. Présentations : général Combaluzier. Le président du tribunal : "Et pourquoi ce nom ? — Il me demande mon nom, monsieur le président. Je n'avais rien préparé. Je sortais de l'ascenseur. Alors..."

« Le baron : "Général Combaluzier ? Combaluzier... Ce nom me dit quelque chose." Là, le général Combaluzier (sans Roux) doit s'avancer un peu. Sentant la réticence des troupes, il promet la Légion d'honneur. "Si, si. Chevalier de la Légion d'honneur. La patrie vous doit bien ça, monsieur le baron. Votre nomination paraîtra au *Journal officiel* du 1er janvier prochain."

« En attendant, on lui fait payer diverses factures d'intérêt national, qu'il prend d'ailleurs sur l'argent de sa femme. Et on lui fait promener la bonbonne de sable d'un bout à l'autre de la France avec port du gilet personnel d'amiante.

« Au *Journal officiel* du 1er janvier, rien. Le baron qui, par sa belle-mère, a des relations, rencontre un ministre et lui demande où en est sa décoration. Le ministre fait savoir qu'il n'est pas au courant, mais promet de s'informer. Le ministre a le regret de dire qu'il ne trouve aucune trace de dossier. Il va jusqu'à demander de qui émane la proposition. "Des Armées, le général Combaluzier lui-même." Le ministre, désolé, ne peut transmettre que le résultat de l'enquête : aucun général de ce nom dans les services français, qu'ils soient secrets ou non. Tout éclate. Ce sera le tribunal qui éclatera de rire. Quelle époque ! »

On boit, on félicite Février. Qui lui aurait cru ces talents de conteur ? Le gigot est vraiment très bon, on en a repris. Fromage local *ou* dessert.

Sur sa lancée, Février continue, sérieux :

« Le tragique n'est jamais loin du comique. J'ai gardé *Le Monde* du jour du procès de la bonbonne d'eau lourde. À la une : "Après l'échec de M. Mendès France, le président Vincent Auriol a pressenti M. Bidault." Et : "L'économie française. Prospérité ou décadence ?" Les titreurs du *Monde* ont toujours été des champions du point d'interrogation bien balancé. Mais on peut aussi remarquer l'annonce d'un article à la page "tribunaux" sur le renvoi devant la juridiction militaire de sept militants communistes pour complot. Qui, en France, ne rêve pas de prendre le pouvoir en répétant : Ça ne peut plus durer ? À partir de 1955, il semble que tout se précipite. Le commandant, qui n'a pas quitté ses lunettes noires, rend plus souvent visite à la pharmacie. Il me conseille de m'inscrire à une préparation militaire et de passer mon brevet de parachutiste. "Soyez prêt." On n'arrête pas de nous dire cela, à nous les jeunes. Soyez prêts. À quoi ? Pour quoi ?

« J'ai rencontré à la fac de droit un garçon qui deviendra mon meilleur ami. C'est le fils d'un général à cinq étoiles qui rêve d'une sorte de soulèvement néo-vendéen, catholique et patriotique — "ni à gauche, ni à droite". "Au-dessus." Il pensera l'heure venue en 1958, puis un peu plus tard avec l'OAS. Je ne sais pas si un jour il s'est réveillé. Je ne le lui souhaite pas. Le fils, comme moi, a envie de "faire quelque chose". Mais quoi ? Toute la journée, dans un bistrot du quartier Latin, nous reconstruisons longuement le monde après l'avoir rapidement détruit. Il faut trouver un système politique nouveau entre le marxisme athée et le libéralisme capitaliste. On retombe un peu sur « travail, famille, patrie ». On se retrouve sur des valeurs sûres, ferveur, engagement, parole donnée. J'ai résilié mon sursis. Comme je n'ai jamais fait de préparation militaire sérieuse, je suis affecté, pour formation, dans une caserne, section d'EOR. Deux ans pratiquement de stage en stage. Je ne suis pas très bien noté. Les instructeurs m'interpellent : "Hé, vous, l'artiste", les jours de sympathie.

Quand ça ne va pas, c'est : "Dis donc, toi, l'intello." Je ne suis bon ni en démontage d'armes, ni en "présentation". C'est la note de présentation qui compte le plus : comme mon père, je ne passerai pas officier. Et des combats, j'aurai surtout entendu la rumeur, de loin. J'aurai quand même vu, à l'entraînement, des camarades déchiquetés par une grenade. Au retour à Paris, c'est l'abandon des Français d'Algérie qui va vraiment me mobiliser. Le fils du général qui a été exempté de service militaire pour raison de santé (il est quasi sourd de naissance) me fait rejoindre un groupe de l'OAS. Enfin, faire quelque chose. »

Juin est particulièrement attentif. Il enlève et remet ses lunettes à monture d'acier plusieurs fois. Il essuie les verres et dit :

« J'ai connu à la fin de la guerre un garçon qui s'était engagé dans la LVF à dix-sept ans parce que son frère, qui en avait vingt, avait tenté de rejoindre les Français libres à Londres. Pour faire quelque chose. Mais pas comme son frère. Ce sera l'enfer du front de l'Est, la poche de Memel, pire que Stalingrad.

— Et qu'est-il devenu ? demande Février.

— À la Libération, des amis l'ont fait changer de nom.

— Et ensuite ? demande Février avec émotion.

— Ensuite, il s'est engagé dans la Légion étrangère. Il est parti pour l'Indochine. Il a été tué. »

Janvier dit : « Le destin est parfois en retard. »

Février reprend. « Nous séchions les cours. J'abandonne la préparation de l'ÉNA. Avec le fils

du général, nous ne reconstruisons plus le monde
au bistrot. Nous recevons des mots d'ordre, nous
passons des messages codés. Nous apprenons à
fabriquer une bombe artisanale. Nous vivons dans
la peur et l'espoir. Nous vivons. De la part du
commandant, un civil qui a l'air d'un militaire
explique à notre petit groupe, une demi-douzaine
de jeunes, l'organigramme de l'OAS-Métro. Vous
avez déjà vu l'organigramme de l'OAS-Métro ? Il
a aussi été publié. Il fait quatorze pages impri-
mées. »

On passe pour le dessert une glace maison, puis
un café maison, puis une goutte maison. La salle
à manger en véranda est pleine de fantômes de
soldats perdus. Dehors il pleut.

« Le civil à l'air militaire nous dit : "Vous allez
prendre la 4L d'un copain et vous irez jeter une
grenade dans un café maure du XIXᵉ arrondissement qui est une base du FLN." Je réponds : "J'ai
rejoint l'OAS parce que le FLN posait des bombes
dans les cafés d'Alger, je suis contre le terrorisme
aveugle, je refuse." L'ami aussi. "Très bien, dit le
civil à l'air militaire, vous irez mitrailler la façade
de la permanence du parti communiste à Neuilly.
Il y a une permanence du PC à Neuilly ? Oui. Un
sympathisant prêtera sa 2CV pour la nuit. Le but
est de provoquer la rupture entre le PC et les
forces de l'ordre." Je crois que dans le style Pieds
nickelés, nous aurons tout fait, mon ami et moi.
Voitures qui tombent en panne. Cocktails Molotov
qui s'enflamment trop tôt et fichent le feu à nos
vêtements. Je passe les erreurs d'adresse et les
rendez-vous manqués. Plusieurs fois, nous devons

courir comme des fous. Mais nous sommes heureux. Nous avons un but. Comment nous ne sommes pas pris ? Il n'existe pas un dieu seulement pour les ivrognes. Aussi pour les somnambules. Ne réveillez pas les somnambules. C'est bien plus tard que mon nom sera trouvé sur un répertoire, alors que tout ça n'a plus d'importance. Six mois de prison préventive. Puis on me montre la porte : "Vous êtes libre." Je sors. Je suis perdu.

« Mon ami, le fils du général, voyage. La vérité est toujours comme une île au loin. Il hésite entre le Liban et la Guinée-Bissau pour continuer la lutte contre la décadence de l'Occident et le triomphe de l'anti-France.

— Je n'aime pas cette expression, dit Janvier. Jamais les communistes n'ont essayé d'assassiner le général de Gaulle. » Sa voix pour une fois ne se perd pas dans les aigus.

« Il part rejoindre Bob Denard au Congo, continue Février sans relever. Il lui a fallu de l'entêtement. Et de la chance. Il a dû maquiller son livret militaire pour se donner un passé de combattant. Il a réussi à esquiver la visite médicale qui aurait décelé son infirmité. À vingt-deux ans, il se retrouve en Afrique dans la pire des guerres, entre rebelles bourrés de chanvre qui se croient invulnérables, soldats gouvernementaux qui fuient et ne reviennent que pour le pillage, autorités injoignables et corrompues qui ne cessent de changer de camp. Dans la pluie, l'ombre, les moustiques, la pagaille, la terreur. Parmi les volontaires, un mélange de toutes les nationalités et de tous les caractères. Des bons, des moins bons, des pas bons du tout. Des ivrognes, des rêveurs. Il y a ceux qui prétendent venir de la Légion, un ex-garçon de café parigot qui est belge, les Sud-Af du major fou, un Espagnol trop petit et qui crâne. Les ordres : foncer en avant dans la forêt. Les tireurs perchés au sommet des arbres tuent votre voisin de véhicule sans qu'on ait pu savoir où était l'ennemi. Ou alors il faut progresser dans les hautes herbes coupantes et on se fait abattre à bout portant. Il n'y a qu'à arroser à la mitrailleuse au hasard pour nettoyer. Et tout le reste. Les otages blancs — et noirs — qu'on libère dans la joie, les charniers qu'on découvre dans l'horreur, les prisonniers amputés de la main gauche ou du pied, les missionnaires cloués au sol par les sagaies, le compagnon blessé qu'on ne sauvera pas. Les survivants se retrouveront au Kivu, au Katanga, au Yémen, au Bénin, aux Comores, s'il en reste. Chaque fois sur ordre d'en haut, bien sûr. Des corsaires. Mais aucun n'a fait fortune. Vous connaissez tous la réponse de Surcouf capturé par les Anglais à qui un officier anglais dit : "Vous vous battez pour de l'argent. Nous, les Anglais, nous ne nous battons que pour l'honneur." — Surcouf : "On se bat toujours pour ce qu'on n'a pas."

« Et moi ? J'ai fini une licence de droit plus ou moins bien. Mon père est mort (ai-je dit que j'avais perdu ma mère très jeune ?). J'ai hérité de la pharmacie. Je l'ai vendue. J'ai acheté une librairie dans la région. J'édite d'ailleurs diverses publications sur le Bas-Poitou. Et j'ai la plus belle collection de livres sur les corsaires. Corsaires, fli-

bustiers, pirates. Le rêve n'est pas interdit, non ?
C'est même un domaine où je fais autorité. »

≫▲

C'est la fin du récit et le temps des questions
est venu.

« Mais il n'y a pas de héros dans votre histoire,
remarque Août.

— Il peut y avoir des anti-héros. Pour en rester
aux pirates, connaissez-vous le major Steed Bonnet qui fut pendu en Caroline en 1718 sur ordre
du roi ?

— Attention, dit Juin, qui n'a jamais tant parlé.
Les histoires de trésor de pirates, je me les réserve
pour le récit de mon mois. C'est une passion.

— Vous, un esprit scientifique !

— Ce sont les mathématiciens qui ont inventé
la notion de nombres imaginaires. Leur simple
définition est déjà si poétique : nombres dont le
carré est égal à moins un.

— Laissez-moi les pirates, dit Février. Le
major Bonnet n'a jamais amassé le moindre trésor.
Il aurait dû mener une vie paisible à la Barbade.
Il a une bonne éducation, une honnête fortune, une
position sociale. Oui, mais il est marié. Et sa
femme est une mégère. Une gravure célèbre chez
les bibliophiles représente le major fuyant le
domicile conjugal sous une volée d'instruments de
cuisine que lui jette à la tête son épouse acariâtre.
Que faire ? Changer de vie. Il s'achète un bateau,
paie un équipage, part à la conquête des flots.
L'aventure maritime a souvent des motifs bien
terre à terre. »

La soirée continue. La goutte du patron fait un tour de plus.

« Il capture plusieurs barques, mais les perd chaque fois sur des écueils ou des bancs. Il n'a aucun sens de la navigation. Un jour, pirate raté, il est capturé par le plus célèbre et le plus redoutable de tous, Teach, dit Barbe-Noire. Un colosse. Énorme. En baudrier, une dizaine de pistolets chargés qui lui permettent d'impressionnants tirs de salve. Dans sa chevelure énorme il tresse des mèches avec des pétards qu'il allume pour le combat. Son énorme tête est entourée d'éclairs. On raconte qu'un membre de son équipage paraît et disparaît de façon incompréhensible. Ce serait le diable. Pour Bonnet, être lieutenant de Barbe-Noire, quel rêve. Mais Teach le trouve trop nul et lui enlève tout commandement. Steed Bonnet cherchera l'aventure seul en se faisant passer pour Teach. Il paiera aussi pour Teach. Il sera vite capturé et condamné à être pendu. Pieds nus, en chemise, la corde au cou, il va à l'échafaud en tenant une rose et en chantant des cantiques. On dit qu'il n'a plus toute sa tête. D'autres prétendent qu'il ne l'a jamais eue. Je suis une sorte de Steed Bonnet qui est resté à terre et a échappé aux juges. »

Mais non, mais non. C'est à qui protestera le plus vigoureusement. Le droit au rêve est sacré. On s'aperçoit qu'il est tard et on va se quitter. Je propose à Août de la ramener.

« Non, tu es gentil, ne m'attends pas.

— Mais si.

— Non. J'ai un coup de téléphone à donner. Ne m'attends pas. Je t'appelle demain. »

Ah, le « je t'appelle demain », qu'il est terrible pour ceux qui aiment trop et tout de suite. Je sais bien ce qu'elle veut faire maintenant : appeler tranquillement Julius pour lui annoncer qu'il a été élu membre du Cercle des douze Mois.

C'était bien, l'île Madame. Toute île a son trésor. On se serre la main. Au revoir. En mars. Au revoir. Si Mars ne va pas trop mal. Depuis un an, il n'a pas pu venir. On félicite Février.

« Pas classique, votre récit. Mais fort, très fort. Le seul roman, c'est la vie, conclut Août. Il y a un trésor dans chaque vie. »

Sur la passe aux bœufs, dans le crachin qui s'est transformé en brouillard, nos voitures se suivent lentement, en code. On dirait un cortège funèbre. Je pense, le nez sur le pare-brise : La vie serait insupportable sans la nuit. Mais la solitude dans la nuit ?

3

MARS

Le banquet des cinq sens

La solitude et la nuit, on peut les rencontrer en traversant l'Atlantique. Ou en Mauritanie en marchant dans le désert. Peut-être au fond d'un cloître, quand laudes et matines n'ont pas encore été chantées. Mais il n'est pas besoin de larguer autant d'amarres, d'aller aussi loin. Banlieue Sud-Est de Paris. Hôpital Coste, le plus moderne des hôpitaux français, chambre 127. C'est la chambre de Mars. Je la connais, avant lui j'y ai passé des semaines. À rythmer les heures avec les bruits familiers des changements de garde, des chariots qui roulent. À écouter le silence si particulier de l'hôpital la nuit dans la lueur bleutée des veilleuses. Les appels des patients d'autres chambres bourdonnent dans le couloir. Des toux, des râles. Parfois une chouette. Oui, des oiseaux habitent la capitale. Des coqs aussi. Comme elle hésite à venir, l'aube. Comme elle est longue, la nuit à l'hôpital. Et la solitude.

La chambre 127 est orientée au nord-ouest. De son lit, attaché par les perfusions, Mars ne doit pas voir grand-chose du paysage. Les sommets des immeubles neufs, grandes tours parfois bariolées de peinture orange ou violette que l'architecte a facturées sur crédits culturels et qui ne sont qu'un

cri d'insulte au ciel sur lequel elles se découpent.
Si on l'aide à s'asseoir dans son lit, deux oreillers
dans le dos, il peut voir aussi la vaste mer des toits
de tuiles mécaniques de la banlieue. Pas deux à la
même hauteur, pas deux de la même forme, pas
deux du même rouge. Une mer assez agitée.
Quand j'occupais la chambre 127, je rêvais à l'archipel de Chausey dont on dit qu'il compte cinquante-deux îles ou trois cent soixante-cinq
suivant la marée. Mais les Parisiens, qu'on appelait aussi les baigneurs, se trompaient toujours. Ils
disaient, dans leur logique, cinquante-deux îles à
marée haute et trois cent soixante-cinq à marée
basse. C'est le contraire. Ce qui est une seule île
à marée basse, à marée haute se divise en quatre
ou cinq têtes rocheuses différentes où s'accrochent
un peu d'herbe, un peu d'algues, un peu de sable.
Paris vu de l'hôpital est un étrange archipel, avec
un phare lointain qu'on appelle tour Eiffel (*F. Ec.
Bl. 25. sec. 310 M*, pourrait-on lire dans les instructions nautiques). Où montent et descendent les
maisons des hommes et pointent leurs monuments.
Il y en a un que j'ai toujours souhaité voir disparaître : la tour Maine-Montparnasse. Quel ouragan
faut-il espérer ? Quel raz de marée ? Si le flot voulait bien la raser, quel bel écueil elle ferait. Les
oiseaux de mer y nicheraient. Il sentirait le varech.
Peut-être deux ou trois arbres y pousseraient,
penchés dans le sens du vent dominant.

Ces arbres, on pourrait peut-être les voir de la
chambre 127. Je me souviens d'un transport en
ambulance entre deux hôpitaux parisiens. Du
brancard, par les vitres, je ne voyais que les som-

mets des immeubles, les toits gris de Paris, et parfois dans un cahot ou un virage, la tête des plus
grands arbres. Et le ciel. Le ciel ne suffit pas dans
la solitude. On a besoin d'arbres.

Août nous a tous prévenus par lettre. Mars tient
à la réunion de son mois. Il espère survivre jusque-
là. Il compte sur nous. Il faudra se réunir à dix-
huit heures trente, dix-huit heures quarante-cinq,
pas plus tard. Les visites sont permises jusqu'à
vingt heures. Comme la chambre 127 est trop
étroite pour nous accueillir tous, Mars a demandé
si le salon des bénévoles pourrait nous être ouvert.
En principe non, il est réservé aux associations de
soins palliatifs qui accompagnent les patients en
phase terminale. Mais un coup de téléphone de
Janvier a tout réglé. Ses liens avec les organisa-
tions humanitaires m'étonneront toujours. Plus
difficile a été d'obtenir l'autorisation du corps
médical d'être aussi nombreux autour de notre ami
Mars et à l'heure du dîner ! Il a fallu prendre l'engagement de respecter les consignes de discrétion
et de ne pas rester tard. Déplacer notre ami dans
une pièce qui n'est en rien médicalisée était aussi
un problème. Qui va prendre la décision ? Août a
fait remarquer, comme nous l'aurions tous fait,
que Mars est en phase terminale, et c'est peut-être
le dernier bonheur, la dernière chaleur, qui lui sera
apporté dans la vie. Alors, que veut dire encore la
notion de risque pour le patient ou de surcharge
pour le corps hospitalier, toutes grâces lui étant
rendues (il m'a sauvé deux fois). C'est Avril, le
pasteur Avril, qui a obtenu toutes les autorisations
grâce à son autorité morale. Ou peut-être avait-il

seulement dans l'établissement, à quel niveau on
ne sait, chef de service ou aide-soignante, un
fidèle dévoué ou une nièce alsacienne... Il y a des
moments où, avec l'administration française, si
par hasard elle dit oui, il faut se garder de compli-
quer les choses et de relancer le débat en demandant pourquoi.

Août a donc envoyé les convocations. Tous
tenaient à venir. Sauf Décembre qui a expliqué
qu'il essayait en mer son nouveau prototype. Cas
de force majeure. Je lui ai télégraphié que, s'il ne
venait pas, quel que soit le motif, il serait un chien.
Il m'a répondu dans l'heure par un télégramme ne
comportant que ces deux mots : « Ouah-Ouah. »
Mais il a dit à Août qu'il serait là. J'ai ajouté une
proposition qu'Août a acceptée, puis tous les
membres du Cercle. Mars est un très grand restaurateur français, peut-être le plus grand de tous nos
chefs. Parti de quasiment rien, petit mitron dans
une boulangerie rurale à la limite de la Sologne
et du Bas-Berry. Sa vie est une sorte d'aventure
artistique passionnée et passionnante, d'où sa
place au Cercle. C'est lui qui a révolutionné la
cuisine française par la recherche non seulement
de goûts nouveaux, mais d'une véritable harmonie
de la table par la valorisation de l'odorat. Ce serait
normal que nos histoires vraies, celles que nous
raconterons ce soir-là à l'hôpital dans le salon des
bénévoles face à la chambre 127, aient pour
unique thème la gastronomie. À sa gloire. Mars ne
peut plus rien nous donner de son génie et lui-
même est alimenté si difficilement. Offrons-lui —
l'expression est d'un auteur grec du IIIe siècle,

Athénée, reprise par Jean-François Revel — « un festin en paroles ».

Il y a quelques années, des conseillers en psychologie ont reçu des crédits d'« humanisation » des hôpitaux. J'ai vu repeindre quelques couloirs particulièrement sinistres dans les sous-sols où se pratiquait la radiothérapie. Jaune clair, vert pâle. Des reproductions de paysages aimables, mer et montagne, ont été accrochées de loin en loin. Des plantes en pots installées dans les salles d'attente et les bureaux. Je ne sais jamais si tous ces yuccas et ficus sont vrais, ou en plastique. On imite si bien de nos jours. Le salon des bénévoles a opté pour le style maison de campagne dans le Sussex — rotin blanc pour les meubles, écossais frais pour les rideaux. Août a obtenu qu'on y rassemble dix sièges, ce qui n'a pas été sans mal.

J'arrive avant tous les autres, Mars est un très vieil ami et j'ai pu apprécier son courage en d'autres occasions que sa maladie, toujours qualifiée, je ne sais pourquoi, dans les comptes rendus de décès de *cruelle*. Quelle est la maladie, la douleur, la solitude, la nuit qui ne le seraient pas ?

Des yeux, il m'a salué. De sa voix de ventriloque qui siffle un peu — on lui a fait une trachéotomie pour l'aider à respirer et posé une canule —, il m'a dit : « Je pré-fère-ne-pas-trop-par-ler. » Il détache les syllabes comme s'il apprenait studieusement une langue étrangère : « J'ai-l'im-pres-sion-de-ne-plus-me-com-prendre. » Je m'efforce de ne pas regarder le respirateur dans un coin de la chambre, la perche à perfusion, l'appareil à mesurer la tension et le taux d'oxygène dans le sang, tous ces instruments à tuyaux qui aident à prolonger la vie et qui sont des liens. Le père de l'explorateur saharien Théodore Monod, qui était pasteur, appelait la vie « la barque prêtée ». Au soir, on multiplie les amarres, mais cela n'empêchera pas la barque de disparaître dans la nuit. On surveille les rythmes, les pourcentages, on évalue. Tout se mesure, le sang, l'urine, le cœur, la température, la tension. Avec une exception : la douleur. Pas de vrai thermomètre pour mesurer la douleur. La douleur et la solitude. Je regarde seulement ses mains, si belles. Des mains de musicien. Un grand restaurateur est un virtuose qui dirige aussi un orchestre. Dans un cas comme dans l'autre, on dit bien un *chef*.

Mars a fouillé maladroitement sous son oreiller. Je l'aide. Il prend un papier plié et me le tend en disant seulement très bas : « Lis. » C'est un mot du pasteur Avril :

Notre ami commun Octobre a eu l'idée excellente de consacrer notre repas de mars en votre honneur à la gastronomie. Bien que l'Écriture comporte plus de trois cents références à la cuisine, de la manne des Hébreux aux noces de Cana (et l'indication précieuse sur l'ordre dans lequel les vins doivent être servis), je crains que ma présence ne soit pas légère. Je vais donc l'alléger encore, je veux dire l'élever. Je ne serai pas physiquement des vôtres. J'y serai par l'esprit. La fête qui arrive, Pâques, a un nom qui vient d'un mot hébreu, « passage ». Tout est passage. Que cela vous plaise ou pas, que vous l'acceptiez ou non, je prie pour vous. Et je prierai mieux pour vous un peu plus loin et dans le silence.

Je vous embrasse fraternellement.

« Un-grand-monsieur, dit Mars de sa voix cassée.

— Oui. » Et je remets la lettre délicatement dans sa main qui se ferme sur elle.

Les membres du Cercle des douze Mois commencent à arriver dans le salon des bénévoles où je les ai rejoints. Une dame accompagnatrice des mourants a tenu à être présente pour les accueillir. Elle tire les rideaux, les rouvre, les tire de nouveau. Elle se demande ce qui fait le plus intime. Elle a un sourire doux et triste. Avec une gentillesse dont personne ne l'aurait cru capable, Janvier lui dit en la prenant par le bras : « Nous ne sommes nous aussi que des bénévoles. Faites comme vous l'entendez. » Et la dame ferme les rideaux. « C'est plus chaleureux. » Des portes s'ouvrent, des bruits de roulement, des ordres à mi-voix. De la chambre 127, on amène Mars dans son lit. Une infirmière vérifie la perf, une autre la tension et le rythme cardiaque, une autre le taux d'oxygène. La plus jeune nous regarde d'un air sévère.

« Les parents ne doivent jamais rester dans la pièce quand on donne des soins à un patient.

— C'est un principe professionnel absolu, dit une autre, plus âgée, avec un demi-sourire. Vous avez le droit à une heure. Ne le fatiguez surtout pas. Faites-le parler un peu, ça l'oblige à respirer, mais pas trop. Il a besoin de calme. Ma collègue passera régulièrement. La sonnette pour appeler est là. N'hésitez pas à vous en servir. »

Mars, de sa voix d'un autre monde, lui demande de le redresser un peu, d'ajouter un oreiller, pour qu'il puisse mieux nous voir. Ses mains sur le drap blanc paraissent si maigres et noueuses.

« Faites-moi-faire-un-festin, dit-il. Un festin-de-paroles. »

Chacun de nous, sur sa chaise, se tait, gêné. Seul Janvier a réussi à se trouver, on ne sait comment, une banquette en bois cérusé, avec des coussins écossais amande et citron qui ont manifestement déclaré la guerre à l'écossais pistache et canari de sa veste, mais il n'a pas l'air plus à l'aise.

« La séance est ouverte, finit par dire Août d'une petite voix. Nous avons le plaisir d'accueillir pour la première fois au Cercle des douze Mois notre ami Mai. Plusieurs d'entre vous le connaissent déjà très bien. »

Et comment... Je ne suis pas près d'oublier la rencontre d'Omdurman, au confluent boueux des deux Nils, quand dans cette gargote — boîte de nuit en tôle et plastique —, il chantait *L'Ange bleu*, travesti en Marlène Dietrich, bas noirs et talons aiguilles. Ce soir, il n'a pas voulu non plus rater son entrée. Crâne rasé à la prussienne et col officier, comme si son passé de tueur héroïque dans les services parallèles israéliens n'avait pas suffi à assouvir sa soif militaire. Dommage, mais le rôle d'Erich von Stroheim (qui s'appelait Wiener de son vrai nom) dans *La Grande Illusion* appartient déjà au répertoire. Mai est en costume

Mao, un Mao suave dans les tons parme. J'ai cru qu'il allait, pour répondre à Août, se lever et saluer en claquant les talons. Il se contente de s'incliner en se cassant le cou. Et un amoureux d'Août de plus... Il en faut de tous les genres. D'ailleurs, je ne le regardais pas, je regardais Mars. Toute cette petite comédie de nos rites, il la dévorait des yeux. Son festin avait commencé. Août reprit :

« Notre ami Avril, retenu par les occupations impérieuses de son ministère, n'a pas pu venir, il le regrette profondément. »

Je ne dis rien. La lettre sous l'oreiller est un secret entre Mars et moi.

« Comme nous en sommes convenus, continue Août, et sur une suggestion d'Octobre — excellente (elle me fait un quart de clin d'œil délicieux) —, il n'y aura pas de récit du mois mais une conversation générale où chacun, en hommage à notre ami Mars, racontera un témoignage ou un souvenir gastronomique. »

Qui va commencer ? Juillet et Février, toujours prêts à se mettre en valeur, lèvent le doigt les premiers. Rien ne m'est plus étranger que le sentiment de la jalousie. Mais l'un avec son brushing « voyez comme le vent joue bien dans ma chevelure romantique », et l'autre avec ses grosses lunettes double foyer de rat de bibliothèque, je me demande parfois comment Août les supporte. Elle les supporte très bien.

« La parole est à Juin, dit-elle avec un charmant sourire.

— Puisque vous m'y invitez, dit Juin, surpris, commençons. Mais je n'ai aucune compétence

gastronomique. Mon histoire de restaurant sera
donc seulement une question d'addition. Normal,
pour un mathématicien. Lors des travaux de la
centrale nucléaire de Tricastin, un de mes collègues ingénieurs — promotion 1953 — descend
en voiture pour une réunion de travail sur le site.
Nous l'appellerons A. Lui non plus n'est pas spé-
cialement gastronome. Mais il a si souvent
entendu parler de Point et de son restaurant La
Pyramide qu'en suivant le Rhône, à Vienne, il
décide de s'arrêter pour déjeuner. C'était un jour
de semaine où il y avait de la place. Le voilà dans
la grande salle à manger. Les attentions du maître
d'hôtel, des serveurs, du sommelier l'impression-
nent un peu. Quand on est comme lui un techni-
cien (de l'homogénisation des combustibles
nucléaires, je vous le signale au passage), on respecte les techniciens des matières qu'on ne
connaît pas. Il trouve plus sage, ou facile, de
suivre les conseils. Il prendra donc un homard breton juste court-bouillonné, jeunes légumes en
macédoine, comme il lui est recommandé. Puis la
poularde de Bresse cuite en vessie, sauce Albufera, cèpes d'Auvergne cuits au four sur un lit de
feuilles de châtaignier, râpée de truffe blanche.
Après le homard breton, sans problème, le personnel de salle accompagne avec l'apparat qui convient
la poularde maison sous sa cloche d'argent. Mon
camarade (il est un peu savant Cosinus, l'ai-je
dit ?) attaque. Et là, sans faire plus attention, et
parce que chez lui c'est sans doute une habitude,
il demande la salière. Oui. La salière. Le serveur,
avec des mines scandalisées, appelle le chef de

table, qui appelle le chef de rang, qui prévient le maître d'hôtel. Qui, d'émotion, porte une main à son cœur, une autre à son mouchoir et à son front, et disparaît dans les cuisines pour en référer aux autorités supérieures. Cinq minutes plus tard, le maître d'hôtel rentre. Il avait déjà l'air d'un croque-mort en sortant, il a l'air en revenant d'être le défunt lui-même. Il pousse à travers la salle une table roulante sur laquelle a été posée une salière et il la désigne, sans un mot, à cet estimable ancien élève de l'École polytechnique, ingénieur en chef au ministère de l'Équipement, direction générale des Carburants, qui, sans un commentaire, la prend et sale son rôti.

« Quand, une demi-heure plus tard, il demande l'addition, le maître d'hôtel, qui n'a toujours pas repris les couleurs de la vie, la lui apporte sur un plat : déchirée. Notre ami d'un mot s'étonne. Réponse digne, triste, mais ferme : "La salière. — La salière ? — Vous avez salé la poularde de Bresse cuite en vessie, sauce Albufera, cèpes d'Auvergne cuits au four sur un lit de feuilles de châtaignier, râpée de truffe blanche. M. Point considère que vous n'avez pas déjeuné chez lui. Donc, il n'y a pas d'addition." Et tout le personnel de la salle à manger s'incline, grand deuil, ce qui est aussi une façon de signifier à A. son congé. Comme A. est un brave type, il est plutôt malheureux d'avoir commis cet impair. »

À ce moment, la porte du salon des bénévoles, que l'un de nous avait fermée après la sortie de la dernière infirmière, est rouverte sèchement.

« On laisse ouvertes les chambres des patients,

nous lance une dame à chignon serré dont je ne sais ni la fonction ni le grade. Qui est responsable ici ? »

Chacun de nous baisse le nez. Mars intervient :

« C'est moi. » Sa voix se perd en sonorités étranges. « C'est moi : je-ne-voulais-pas-déranger-les-autres-malades.

— Ce n'est pas aux patients d'en juger », dit Chignon serré.

Elle nous jette un regard froid et sort en laissant la porte ouverte. Juin dit calmement :

« Mon histoire n'est pas finie. À la fin de la réunion de travail à Tricastin, A. nous a raconté son aventure du déjeuner et de la facture déchirée. Un autre camarade, promotion 56, qui est plutôt le contraire de A. et que nous appellerons B., grand calculateur, toujours plus malin que les autres, demande : "Mais alors tu n'as pas payé ? — Non. — Tu as déjeuné gratuitement chez Point ? — Oui. — Ah..."

« Un mois plus tard, nouvelle réunion sur place pour la centrale nucléaire (il s'agissait, si mes souvenirs sont bons, du contrôle du refroidissement). B., qui venait toujours en train, décide de prendre sa voiture. Il a retenu à La Pyramide chez Point. Il commande pour s'ouvrir l'appétit des jambonnettes de grenouilles à la purée d'ail et au jus de persil, puis un filet de sandre rôti à la fondue d'échalotes et au vin rouge. Il n'a pas résisté à la tentation calculatrice et, même avant la côte de bœuf, il demande la salière. On la lui apporte. Il sale. Il resale. Il jubile. Chariot de fromages, chausson de pêche au miel de lavande, café, etc.

Il ne se refuse rien. Et il demande la note. On la lui apporte. Non seulement elle n'est pas déchirée, mais elle est un peu plus longue qu'elle ne le devrait. Dernière ligne, écrite de la main du maître : "Note très salée, plus 15 %." Il n'y avait plus qu'à payer. »

On rit. Mars, sur son lit, a les yeux qui brillent de bonheur. Janvier, qui est bien sûr membre du club des Cent, de sa voix trop haut perchée croit devoir corriger :

« Excellente histoire. Très bonne note. Mais le premier menu est de Ducasse et le second de Loiseau. »

On est président ou on ne l'est pas.

« La gastronomie n'est pas une science exacte », répond Juin.

Et on rit de nouveau.

« Attendez, dit Février, j'ai presque la même, dont je garantis, moi qui ne suis pas un scientifique mais un littéraire, l'exactitude. Il y a quelques dizaines d'années, mon beau-frère emmène ma sœur en voyage de noces en Italie. C'était l'usage. À Naples, après un dîner dans un restaurant recommandé, mon beau-frère demande l'addition. Elle lui semble un peu longue. Il est d'une famille sérieuse où on prend les comptes au sérieux. Même si cela ne se fait pas dans un voyage de noces, il vérifie. Oui, trop longue. Il appelle le maître d'hôtel : "Il y a là, à la fin de la note, un plat que je n'ai ni consommé ni commandé. — Ah, dit le maître d'hôtel, Monsieur a remarqué." Et calmement, il sort son crayon, le mouille du bout de la langue et raye le plat sur la note.

« Mon beau-frère trouve que c'est un peu fort. "Appelez-moi le directeur." Arrive le directeur, un chauve triste, tout en noir. Celui qui ne sait pas que les Méridionaux sont fondamentalement tristes ne comprendra jamais rien à la Méditerranée. "Quel est ce plat que je n'ai pas commandé et que vous avez ajouté à la note ? — Monsieur nous pardonnera. C'est seulement un usage local. Il est écrit à la fin de l'addition, en dialecte napolitain : Tant pis pour celui qui ne comprend pas. Coût........... 300 lires."

« Pour la beauté de l'histoire, mon beau-frère les a laissées en pourboire. Il était en voyage de noces. »

On rit de nouveau. Je crois que deux ou trois d'entre nous applaudissent. Un jeune médecin reconnaissable au signe extérieur de son grade, le stéthoscope autour du cou, s'encadre dans la porte.

« Qu'est-ce que c'est que ce cirque ? D'ailleurs, qui vous a autorisé à ne pas mettre de masque ? » Il a l'air épuisé.

Août est souveraine. Elle avance l'épaule gauche, penche la tête, secoue ses cheveux et dit avec un chaud sourire :

« Notre ami, qui est votre patient, préside notre association Santé-Solidarité, vous connaissez sûrement. C'est notre conseil d'administration annuel et nous devons statutairement lui faire rapport. C'est pourquoi nous avons reçu l'autorisation exceptionnelle de nous réunir dans ce salon. »

Le médecin reste encore un peu sur sa faim. Août reprend :

« Ah, les masques hygiéniques. On vous a sûrement signalé que notre ami est pratiquement sourd. Dieu merci, il lit sur les lèvres. C'est ainsi que nous communiquons. Pas de masque possible. On ne vous a pas mis au courant de sa surdité ? »

Le jeune médecin hésite. Est-ce qu'on se paierait sa tête ? Il regarde Août, regarde notre cercle de messieurs âgés dont, à la boutonnière, un grand-croix de la Légion d'honneur, un grand officier, deux commandeurs, quatre rosettes, regarde Août de nouveau, prend le parti de sourire à son tour et dit très amicalement :

« Bonne soirée. On ne sait pas tout.

— La médecine n'est pas une science exacte », ajoute Juin aussi amicalement.

Et notre soirée peut reprendre. C'est Mars qui la relance. D'un geste de la main qui agite les petits robinets vert et rouge du cathéter, il fait signe qu'il veut parler :

« Il n'y a qu'une base de sûre : la qualité des produits. Pas de bonne cuisine sans bons produits. Le reste est littérature. »

Il est si heureux que sa voix, malgré la canule dans sa gorge, a été presque normale. On l'approuve chaleureusement. Février, toujours un peu cuistre, rappelle que les premiers livres de cuisine, celui du Romain Apicius et celui du Grec Athénée, attachent déjà une importance essentielle à l'origine des produits : le thon doit venir de Sicile, le sanglier d'Étrurie, le vin de Crète ou du Vésuve, pas de n'importe où.

« Le fromage de Roquefort est réglementé par un édit de 1666 », dit un autre.

Juillet l'interrompt :

« Une dame très élégante à qui on demandait dans un dîner : "Quel est d'après vous le meilleur boucher de Paris ?" a répondu : "Pour le bœuf ou pour le mouton ?" Il ne faut quand même pas tout mélanger. Ou alors, passons directement au fast-food.

— Savez-vous, dit Septembre, que dans ma jeunesse en Corse on pouvait encore reconnaître si un jambon était de la cuisse gauche ou de la cuisse droite du cochon ? »

Brouhaha discret. Ah, ces Méridionaux... Et la sardine de Marseille, elle était mâle ou femelle, etc. Mais Septembre ne se démonte pas :

« On tuait le cochon à la ferme, avant que la folie bureaucratique de Bruxelles, au nom de l'harmonisation et du calibrage, nous interdise tout ce qui a du goût et est naturel. Pour le saigner, on le faisait tomber sur le côté, le côté droit tradition-nellement. Il y avait donc une cuisse qui se char-geait de sang, la droite, et un jambon qui serait plus nourri, plus riche. Et l'autre, la jambe gauche en l'air, plus sec. Mes parents ne se trompaient jamais entre l'un et l'autre.

— Tout grand chef a ses producteurs attitrés », dit Janvier, pour assurer son autorité gastrono-mique qui dépasse un peu la cuisse de cochon fer-mier. Il reprend vie, celui-là. C'est comme s'il nous présidait de nouveau. « Qu'il s'agisse de fruits, de lait, de saucisson, de pommes ou de truffes. On ne va pas confondre un lièvre de banlieue, tué sur l'aéroport de Paris, avec son congénère des Préalpes nourri de plantes odoriférantes. »

Sa fille ne va pas le laisser se promener tout seul dans les prés charmants de la gastronomie.

« J'ai connu à l'Élysée, dit Août, un chef fameux qui avait ses propres élevages. En commençant par son élevage d'escargots. Pour le fromage de chèvre, il faisait confiance à une vieille voisine qui avait une cinquantaine de chèvres et dont toutes portaient un prénom : Alexandrine, Bénédicte, Catherine, etc. Elle disait : "Si on n'appelle pas les chèvres par leur prénom, leur lait est moins bon et le fromage de même." »

Et tous, Mars en tête, nous approuvons le père et la fille...

« Il existe un Institut du goût », dit Novembre, qui n'est pas seulement un spécialiste des conflits agricoles mondiaux. C'est aussi un grand connaisseur. On imagine toujours les gastronomes la mine enluminée et la taille obèse. Il en existe de secs et maigres. Ils sont de la jambe gauche du cochon, dirait Septembre. « Son éminent président m'a donné un jour une leçon de cuisson. Parce qu'il n'y a pas que la qualité du produit, il y a aussi l'art de le faire cuire et, je souligne, avec quoi...

— Vous n'allez pas relancer le débat éternel du bouilli et du rôti, le coupe Janvier. L'expérience a été faite par Senderens et Revel eux-mêmes du canard bouilli puis rôti selon Apicius...

— Mais non, dit Novembre de sa voix d'agent si secret, je veux dire sans sexe. Je ne parle pas de la façon de cuire, mais de cuire avec quoi. Le passage du bois au charbon, puis du charbon au gaz ou à l'électricité ne peut pas être indifférent. Le président de l'Institut du goût m'a fait remarquer qu'il y a aussi bois et bois. Cuire sur un feu de sarments de vigne n'est indiqué que pour les viandes fortes. Sinon, c'est une hérésie. On sentira plus le goût du cep que celui de la viande. En revanche, pour un poisson délicat, l'alose par exemple, un feu de javelles — ces pousses que l'on coupe chaque année pour tailler la vigne — serait adéquat. Et encore, pas de n'importe quel cépage. Le sauvignon peut être recommandé. »

Nous restons un moment sans mot, impressionnés par tant de civilisation. Mars intervient :

« Le goût n'est pas tout, il compte même assez peu. Pour avaler un liquide désagréable, on se bouche le nez. Le goût n'est rien à côté de l'odorat. Il ne sait distinguer que quatre éléments, le sucré, le salé, l'acide, l'amer, auxquels les Orientaux ont ajouté un cinquième, la saveur "umami", qui est celle de la sauce de soja. »

Il s'arrête, l'air lui manque, la canule de son cou fait entendre d'étranges sifflements. Novembre enchaîne rapidement :

« On la retrouve dans le parmesan et les sardines. » Et il continue, pour que dans le silence ne s'imposent pas les gargouillis de la respiration : « Notre odorat, lui, peut détecter dix mille fragrances. Je laisse de côté les aspects sexuels de l'odorat. Les animaux amoureux ne se lèchent pas, ils se flairent. »

Chacun veut intervenir sur le goût, l'odorat, le sexe. Août est un peu dépassée. Du couloir, on entend bourdonner un appel, puis des bruits de pas précipités, puis des chuchotements qui couvrent mal une sorte de râle qui vient d'une chambre en face. La dame bénévole à cheveux gris qui nous a accueillis entre et dit doucement :

« Les portes des chambres doivent rester ouvertes pour faciliter le contrôle et les interventions d'urgence. Ce salon est le mien. Je prends sur moi de fermer la porte. Vous serez plus tranquilles, entre vous. »

Nous n'avons pas eu le temps de dire merci, de son pas trotte-menu elle a disparu. De nouveau seul, Mars peut relancer la conversation :

« J'ai inventé la cuisson au fumet de coriandre et poireau pour appeler les fragrances à l'aide dans-une-cuisine-qu... »

Il a trop mal. Il ne faut plus qu'il parle autant.

Je dis : « J'ai apporté quelque chose pour Mars, quelque chose à boire. Un remontant.

— Pas de l'alcool ? demande Août.

— Non. Je ne suis pas fou. Du chocolat, la recette de Brillat-Savarin lui-même. Il le conseille à tout homme qui aurait un peu trop abusé de l'amour. Ou qui aurait trop travaillé et pas assez dormi. Ou qui se sentirait bête après avoir eu de l'esprit. Ou qui serait tourmenté par une idée fixe. Ou — j'en oublie sûrement — qui trouverait l'air humide et le temps long. N'est-ce pas un peu notre cas parfois à nous tous ? » J'ai sorti de mon manteau un thermos. « La recette de Brillat-Savarin est de soixante-douze grains d'ambre par demi-kilogramme de chocolat. Je l'ai fait réaliser par Debauve et Gallais, rue des Saints-Pères, fournisseurs de mes parents depuis quatre générations, en leur rappelant que le fondateur de la maison, Debauve, était pharmacien. Hier. Parce que je me souviens aussi du commandement de la mère supérieure du couvent de la Visitation à Belley au temps de Louis XV : un bon chocolat se fait la veille pour être bu le lendemain.

— Ah, dit Mars avec émotion, qui fera un jour la liste en ce monde de toutes les bonnes choses qui ont besoin de *reposer* ? »

Dans le meuble du salon des bénévoles, Août trouve une tasse, une seule, et la nettoie. Nous boirons ce chocolat ambré à la ronde dans la même tasse. Je veux servir d'abord Mars. Mais il refuse dans un souffle :

« En dernier. Je suis l'hôte. » Puis il ajoute : « Octobre n'a pas dit le nom que Brillat-Savarin donne à la recette du chocolat ambré, *le chocolat des affligés*. Par discrétion, sans doute. »

Nous nous passons la tasse de main en main avec parfois un peu de mal à avaler.

L'un de nous (il y a des moments où dans mes souvenirs tout se brouille) dit :

« Manger n'est rien, c'est boire qui compte. »

Et chacun se libère en lançant des remarques culinaires ou historiques.

« La frontière de la civilisation, pour les Anciens, était celle de la vigne.

— Voyez l'Irlande. Pour la grève de la faim, on peut tenir plusieurs semaines sans manger. Sans boire, quelques jours.

— La soif partout et en tout est supérieure à la faim. On dit soif d'honneurs, de l'or, de puissance. Même si c'est un plat qui se mange froid, soif de vengeance.

— Le vin est un équilibre entre la lumière du ciel, qu'apporte le feuillage, et la puissance de la terre, que donne le bois du cep.

— Cher ami, on peut dire cela de tout ce qui pousse.

— Pas vraiment des carottes, cher ami.

— La vigne se fiche du vin. Son but est de fabriquer des pépins : la continuation de l'espèce...

— Nous parlerons du vin plus tard, interrompt Août. Je crois qu'Octobre voulait revenir aux cuissons.

— Oui. Nous étions sur le goût et l'odorat. Mais il y a trois autres sens. Un soir, il y a très longtemps, j'ai pris une leçon de culture qui ne sera pas la dernière. J'étais dans un bar à Marrakech et un autre client — qui se trouvait être l'un des neveux du Glaoui, pacha des lieux — me propose de boire un cognac. Nous commandons deux cognacs et, avant de boire, selon l'habitude, nous trinquons. Le neveu du Glaoui m'arrête : "Sais-tu pourquoi nous avons en trinquant choqué nos verres, ce que tu as fait sans doute cent et mille fois sans y réfléchir ? Non ? Eh bien, c'est pour que boire soit un plaisir parfait, qui touche les cinq sens. Avant de boire ton cognac, tu le regardes, comme il est beau à la lumière, si doré, et ta vue a du plaisir. Puis tu serres le verre dans tes mains pour le réchauffer, et le toucher a du plaisir. Puis tu le respires, tu le humes avant de le boire, et l'odorat a du plaisir. Puis tu le bois, et le goût a du plaisir. Et l'ouïe ? Pour que tous les sens aient leur plaisir, et que boire soit un plaisir complet, choquons nos verres pour qu'ils tintent à notre oreille." »

La conversation part de tous côtés :

« Bien sûr, l'ouïe. Tous les grands repas, partout, toujours, ont été accompagnés de musique. Lulli...

— Non. La vue. La vue compte plus. Les Romains faisaient cuire les poissons dans des bassines de verre pour les voir cuire.

— Non. L'ouïe d'abord. La vue ensuite. Un de mes amis, invité dans une boîte de nuit très parisienne où le patron se piquait de gastronomie mais où il sacrifiait à la mode des décibels déchaînés, ordonna au maître de maison : "Faites taire cette musique d'enfer. *Je n'entends plus ce que je bois.*"

— La musique des soupers du roi est un festin de gala pour l'oreille. M. Lulli, encore...

— Elle accompagnait le cortège des gentilshommes, écuyers tranchants et autres dignitaires de la table, une trentaine, précédés du plus majestueux des huissiers à canne, entourés de gardes suisses en grande tenue, suivis de la cohorte chamarrée des porteurs de viandes, entremets, boissons... Quel spectacle ! Un dîner digne de ce nom est d'abord un régal pour l'œil. »

Janvier, au nom du club des Cent, essaie de se faire entendre. On a presque oublié Mars. Décembre, le navigateur, réussit à placer, dans le style qui est le sien :

« Tout ceci est bidon. Il n'y a ni goût ni odorat. C'est dans la tête que ça se passe. J'ai été invité un jour par M. qui est prince, d'Empire, d'accord, mais quand même. Le repas commençait par du bouillon servi dans des pots de chambre, du bouillon où nageaient quelques fines saucisses genre chipolatas. Pour suivre, des huîtres enlevées de leurs coquilles et servies dans des mouchoirs... »

« Faites le taire ! Indigne ! Abject ! Scandale ! » crient les membres du Cercle des douze Mois. C'est Mars qui met fin au chahut :

« Je veux parler, dit-il, et sa canule le fait siffler, parfois éructer, comme s'il s'arrachait les mots du ventre. On ne peut pas dissocier un sens des autres. Une symphonie, voilà ce qu'est la cuisine. Je vais vous raconter... »

La porte s'ouvre, un membre du corps médical passe la tête.

« Qu'est-ce que c'est que ce tapage ? » Il regarde rapidement Mars, un ou deux écrans de contrôle, et demande : « Qui lui a enlevé sa ventilation ? »

Il sort. Deux minutes après entre une infirmière poussant la pompe.

« Je vais lui mettre des lunettes », dit-elle assez gaiement en lui enfilant deux tuyaux en plastique dans les narines. J'aurais plutôt appelé ça des moustaches. C'est vrai, tous les sens se confondent. En partant, elle prévient : « Il est dix-neuf heures quarante. À vingt heures, les visites sont terminées. »

Les mains de Mars s'accrochent à ses draps. Il nasille :

« Attendez. Je veux vous raconter l'histoire du voyage de Brillat-Savarin. » Il fait un grand effort pour s'expliquer. Il murmure très bas. On ne comprend pas tout. Il plisse son front, ses doigts se serrent. Nous sommes tous penchés pour mieux saisir, même Janvier dans ses coussins écossais. « Au pire moment de la Révolution, il apprend qu'il va être mis sur la liste des suspects. Cela veut dire arrestation, condamnation sans procès, guillotine. Il décide, lui qui est d'une famille d'honorables magistrats, d'aller s'expliquer avec le tout-puissant représentant du Peuple en mission au chef-lieu du département. Il selle son bon cheval, La Joie. Il arrive au soir dans une auberge où rôtissent dans l'âtre trois douzaines de cailles bien dodues et une douzaine de râles aux pattes vertes, gibier aquatique particulièrement délicat. »

Mars tousse. Il essaie de continuer. « Brillat-Savarin à l'au..., à l'auber... » Il tousse de nouveau. Quelque chose s'étouffe en lui. Il est inaudible. Janvier prend la suite, doucement, naturellement, comme on devrait passer un relais.

— Holà, aubergiste ! Que puis-je avoir à souper chez vous ? Quelques-unes de ces cailles à la broche me suffiraient. D'autant que leur jus goutte très judicieusement sur de grandes rôties.

— Désolé, monsieur. (Janvier prend pour Brillat-Savarin sa voix la plus mélodieuse et pour l'aubergiste un ton qu'il voudrait rural et qui serait plutôt un mauvais doublage de titi parisien.) Désolé. Tout est commandé et retenu par ces messieurs de la basoche qui fêtent ce soir l'arbitrage qu'ils ont rendu dans une grosse affaire d'héritage. Il ne me reste à vous offrir qu'un potage et du bouilli.

— "Du bouilli (l'indignation de Janvier est réelle), du bouilli ! Une viande sans âme, sans suc, sans esprit ! Jamais ! Après tout, je suis moi aussi un peu de la basoche. Je vais leur parler, à ces confrères qui savent apprécier la caille et le râle aux pattes vertes." Bon. Brillat-Savarin fait si bien qu'il est invité par la compagnie et déguste l'un des meilleurs soupers de sa vie. Joyeux convive, bon compagnon, il enchante ses nouveaux amis. Si je dois être guillotiné demain, se dit-il, au moins je monterai à l'échafaud l'estomac content. Et il saute sur son bon cheval La Joie pour se présenter au terrible représentant du Peuple en mission.

« Il frappe à sa demeure le lendemain matin. Le représentant n'est pas là. Son épouse, présente au logis, sur sa bonne mine l'invite à dîner (notre déjeuner). Elle lui demande s'il s'intéresse à la musique. Il répond par quelques couplets d'opéra. Elle se met au piano, il lui chante la romance. Quand le terrible pourvoyeur de la mort arrivera, il trouvera deux messages pratiquement identiques : l'un de sa femme, l'autre des juristes de l'auberge. "Il n'est pas possible qu'un homme qui aime autant — là, variante : *les cailles rôties et en parle si bien*, ou : *la musique et qui chante si juste* —

puisse trahir son pays." Le soir même, son laissez-
passer sauveur est signé. J'ajoute que, prudent, il
émigra quand même, et jusqu'en Amérique. Notre
ami Mars voulait seulement nous rappeler que
c'est l'harmonie, l'harmonie seule qui compte. »

On approuve. En écoutant un soir par hasard la
radio en voiture, j'ai entendu l'interview d'un très
grand violoniste (Stern ? Oïstrakh ?) qui expliquait
que chaque instrument de l'orchestre émet une
vibration qui est directement en rapport avec une
partie du corps humain : le violon, le système ner-
veux (je cite de mémoire) ; les cuivres, la colonne
vertébrale et le système osseux ; les bois, le sang ;
le piano, etc., et qu'une bonne orchestration est
celle qui fait harmonieusement vibrer l'ensemble
du corps. Je suis rappelé à l'ordre :

« Nous avons déjà dit qu'un grand chef de cuisine est un grand chef d'orchestre. Tenez-vous au
courant, mon vieux.

— On n'a pas assez insisté sur la vue, dit Février.
Un repas est un spectacle. La table blanche, les couverts d'argent, les candélabres. Vous connaissez
à la fin du Moyen Âge la cuisine de Guillaume
Tirel ? »

C'est curieux comme les libraires se prennent
facilement pour des professeurs. Guillaume Tirel,
dit Taillevent. Petit tournebroche chez la reine
d'Évreux. Cuisinier chez le roi Philippe VI de
Valois. Maître-queux chez le roi Charles V. Ano-
bli par le roi Charles VI.

Mars se redresse dans son lit et, les yeux brillants, haletant, enchaîne d'un souffle un moment
retrouvé :

« L'inventeur des plats colorés, bleu à la myr-
tille, rouge au tournesol, jaune au safran, vert aux
herbes. Doré, au pinceau, à la pâte d'œufs. Les
convives s'habillent pour souper. Il faut aussi
habiller les plats. Tenue de gala pour tous ! Au
son des fifres et des cordes, portez, valets, sur ce
brancard tapissé d'un drap d'or ma dernière création de rôti pour les princes : l'aigle cuit à la
broche, puis cousu dans son plumage, dont les
yeux ont été refaits avec du verre teinté, des sup-
ports de fil d'acier le dressent sur ses ergots et lui
écartent les ailes. Sonnez clairons. Ouvrez vite
mon aigle, dégustez-le et sa farce merveilleuse de
truffes et d'épices, avant qu'il ne s'envole ! »

Et Mars retombe sur son lit, exténué.

Je suis l'ami de Mars. Je dois intervenir :

« Nous le fatiguons trop. Créons ce soir une
Académie des Cinq Sens dont il sera le président
perpétuel.

— Attendez, dit Mai, qui jusqu'ici — c'est le
premier mois auquel il participe — est resté silencieux. Attendez. Il y a un sens qui a été trop
négligé, malgré la très belle histoire d'Octobre sur
les raisons de trinquer. Il fallait vraiment être
musulman, et que boire soit un péché, pour inventer quelque chose d'aussi parfait. Ce sens négligé,
c'est le toucher, le contact. Pas seulement des
mains. De la langue aussi. Le sucré et le salé, le
doux et l'amer, soit. Le vert et le rouge, le chaud
et le froid, comme l'exigent les Chinois, soit
encore. Mais il faut aussi pour l'harmonie *l'onc-
tueux et le rugueux*. Avez-vous déjà mangé une
très bonne mousse au chocolat ? Ce n'est pas seu-

lement une question de goût ou de nez. La langue
doit sentir que le plus fluide des mets, de façon
aléatoire, se charge de quelques aspérités : de très
petits morceaux de vrai chocolat. Voilà la recette
du bonheur.

— Comment avez-vous appris cela, vous le
tueur héroïque ? demande Juillet.

— Souvenir de guerre. »

Il a l'air si mystérieux qu'on change de sujet.

« Il y a deux siècles, on disait : la vache pour
le beurre, la chèvre pour le fromage frais, le mouton pour le fromage sec.

— Ma recette personnelle de fromage frais est
trois quarts de lait de chèvre et un quart de lait de
vache. C'est plus fin.

— Disons plus distingué. Vous savez que nous
devons le beurre à Attila, roi des Huns, et autres
envahisseurs de la steppe ?

— Et le sucre, avec le caramel, aux Chinois et
aux Arabes. Le caramel servait aux dames comme
aux messieurs à l'épilation.

— Et les alcools aux alchimistes de la fin du
Moyen Âge ? L'aspect ésotérique du mot "eau-de-
vie" est pourtant clair. »

Août a regardé sa montre : il est près de vingt
heures.

« Restons-en à notre projet d'Académie des
Cinq Sens. Pouvons-nous à l'unanimité en élire
Mars comme président ?

— Oui...

— Oui. Oui.

— Président !

— Bravo ! »

« J'ai un amendement, dit Février. Il manque un sens... »

Mais Mars lui-même, se redressant sur son lit en ajustant les deux tuyaux dans ses narines que le personnel médical appelle lunettes parce qu'on les fait tenir en les passant derrière les oreilles, dit avec peine :

« Nous-n'avons-pas-assez-parlé-de-la-façon-de-cuire. Personne-n'-a-dit-le-mot-friture.

— Ah, dit Janvier, reprenant ainsi le rôle directeur qu'il n'a jamais entendu perdre dans cette soirée dédiée à la gastronomie. Ah, c'est ma faute. Rappelez-vous comment Brillat-Savarin admoneste un chef en lui disant : "Vous êtes un excellent potagiste. Il reste beaucoup à faire pour faire de vous un bon friturier."

— Président Janvier, s'il vous plaît, dit Mars, est-ce que vous pourriez pour moi..., j'ai envie d'arracher tous ces tuyaux, je n'arrive plus à parler..., vous pourriez raconter à ma place sa méditation VII sur la friture ? Merci.

— Bien sûr, dit Janvier — et il a les larmes aux yeux. Je la connais par cœur. Méditation VII — § 1. Chimie : Les liquides que vous exposez à l'action du feu ne peuvent pas tous se charger d'une égale quantité de chaleur ; la nature les y a disposés inégalement : c'est un ordre de choses dont elle s'est réservé le secret, et que nous appelons capacité du calorique. (Il connaît vraiment le texte par cœur, comme d'autres une fable de La Fontaine ou la tirade des nez de Cyrano.) Ainsi, vous pourriez tremper impunément votre doigt dans de l'esprit-de-vin bouillant, vous le retireriez bien vite de l'eau-de-vie, plus vite encore si c'était de l'eau, et une immersion rapide dans l'huile bouillante vous ferait une blessure cruelle ; car l'huile peut s'échauffer au moins trois fois plus que l'eau.

« § 2. Application : Les choses frites sont bien reçues dans les festins ; elles y introduisent une variation piquante ; elles sont agréables à la vue, conservent leur goût primitif, et peuvent se manger à la main, ce qui plaît toujours aux dames.

« La friture fournit encore au cuisinier bien des moyens pour masquer ce qui a paru la veille, et leur donne au besoin des secours pour les cas imprévus : car il ne faut pas plus de temps pour frire une carpe de quatre livres que pour cuire un œuf à la coque.

« Tout le mérite d'une bonne friture provient de *la surprise* ; c'est ainsi qu'on appelle l'invasion du liquide bouillant qui carbonise ou roussit, à l'instant même de l'immersion, la surface extérieure du corps qui lui est soumis.

« Au moyen de *la surprise*, il se forme une espèce de voûte qui contient l'objet, empêche la graisse de le pénétrer, et concentre les sucs, qui subissent ainsi une coction intérieure qui donne à l'aliment tout le goût dont il est susceptible.

« Pour que *la surprise* ait lieu, il faut que le liquide brûlant ait acquis assez de chaleur pour que son action soit brusque et instantanée ; mais il n'arrive à ce point qu'après avoir été exposé assez longtemps à un feu vif et flamboyant.

« On connaît par le moyen suivant que la friture

est chaude au degré désiré : vous couperez un morceau de pain en forme de mouillette et vous le tremperez dans la poêle pendant cinq à six secondes ; si vous le retirez ferme et coloré, opérez immédiatement l'immersion, sinon il faut pousser le feu et recommencer l'essai.

« *La surprise* une fois opérée, modérez le feu, afin que la coction ne soit pas trop précipitée et que les sucs que vous avez renfermés subissent, au moyen d'une chaleur prolongée, le changement qui les unit et en rehausse le goût. »

Silence. On entend Mars qui respire très difficilement.

« Quel maître », dit quelqu'un. Mais on ne sait de qui il parle... Brillat-Savarin, Mars, ou peut-être Janvier.

« Il y a quand même eu aussi, et même avant, Grimod de la Reynière.

— Pardon. Il a certes inventé la critique gastronomique, mais c'est un coquin, un compliqué, un méchant. Il faisait souper à sa table, en face de lui, un jeune cochon, "l'animal encyclopédique", disait-il. Nous ne l'aurions pas invité parmi nous. Ce n'est pas un bon compagnon.

— La bonne compagnie ! Vous voyez bien qu'il manque encore un sens aux cinq de notre Académie, je vous le dis, mais vous ne me laissez pas parler.

— Les textes fondamentaux de notre civilisation sont deux repas : le *Banquet* de Platon, la Cène de Jésus-Christ.

— Vous allez trop vite. Tout commence par la

gourmandise. Ève au Paradis terrestre, ou le désir de manger une pomme.

— Imaginez dans quel état nous serions si le démon lui avait offert de la dinde truffée.

— Messieurs, dit Août sévèrement, ne nous laissons pas aller.

— La cuisine et les gens célèbres. Le tournedos Rossini, la pêche Melba...

— La cuisine, non pas avec les meilleurs produits, mais avec ce qu'on trouve. Vous connaissez l'histoire du poulet Marengo ? Soir de la bataille, quasi perdue par Bonaparte. Desaix, en y laissant la vie, l'a gagnée de justesse. Un communiqué triomphal sera envoyé à Paris, qui sauvera la carrière politique de Napoléon.

— La cuisine ! Le poulet !

— J'y arrive. Après la bataille, Bonaparte a faim. L'intendance est désorganisée. Plus de vivres. La campagne est rasée par la guerre. On envoie quelques fourrageurs qui trouvent dans une ferme abandonnée : une poule, trois œufs, quatre tomates, six écrevisses, une demi-bouteille d'huile d'olive, trois gousses d'ail, une grande poêle. Victoire ! Le poulet Marengo est né.

— Je suis plus pacifique. Je préfère l'origine de la frangipane. Recette de crème donnée par le comte Cesare Frangipani en cadeau de mariage à Catherine de Médicis qui épouse le futur roi de France.

— Le gendre de la maison Barrat, au Lion d'or à Romorantin, cherche une façon de rôtir le pigeon de façon plus subtile qu'en le bardant de lard. Il

insère sous la peau une farce de foies hachés avec
herbes et épices. Des années plus tard, un archéologue signale qu'on vient de trouver la description
de la recette sur une tablette babylonienne.

— On n'invente jamais rien. On redécouvre.
Mme Bertin, la couturière de Marie-Antoinette,
l'avait dit : "Il n'y a de nouveau que ce qui avait
été oublié."

— Après Platon.

— Assez de philosophie. Incomestible.

— Suffit pour les amuse-gueule historiques.
Revenons à l'essentiel. Le vin.

— Le fromage et le vin ! On a affirmé que la
cuisine est une symphonie. Soit. Il y a la mélodie
des plats et des cuissons. Et il y a aussi les accords
de base : le fromage et le vin, par exemple.

— En musique, il y a des indications de mouvement, *andante*, des termes d'exécution, *abbelli-
mento*, de caractère ou de nuance, *fulgente*,
l'exécutant peut orner la note à son goût. On se
croirait en cuisine.

— Pour les Romains, l'étrange était une des
clés du succès d'un banquet. L'étrange, la rareté :
le coût. Pourquoi servir cinq cents cervelles d'au-
truches ? Parce que l'autruche est certainement
l'oiseau qui a le moins de cervelle. Et pourquoi
dix mille langues d'*oiseaux qui parlaient* ? Le
bizarre, l'extravagance, la cherté. Notez sur la partition : *allegro stravagante*.

— Ou simplement *furioso*.

— Le sens qui compte, c'est l'odorat. Dans les
sacrifices anciens, les prêtres offraient aux dieux
le fumet des viandes.

— Ça leur permettait de garder pour eux les bons morceaux.

— Vous, vous bouffez du curé tous les jours, ou vous faites maigre une fois par semaine ?

— Tout est dans la tête, j'y reviens. Le sixième sens de la gastronomie, c'est l'imaginaire, c'est l'idée, c'est la tête. Il y a deux siècles, on ne jurait que par les becfigues et les éperlans. Le caviar était un plat de pauvres. Vous voyez des gens riches aller manger des œufs de poisson ?

— La tête ou le cœur. Je veux dire le sentiment. Stendhal a écrit : "Il n'y a que deux choses que j'ai vraiment aimées, Saint-Simon et les épinards." Je déteste les épinards. Au-delà du goût et de l'odorat, on aime, ou on n'aime pas. Ceux qui ne sont pas amoureux ne peuvent pas comprendre. »

Et Février se tait. Tout le monde se tait, certains regardent d'autres, qui regardent Août.

« Il reste les desserts, dis-je doucement. On n'a pas parlé des desserts. Dans les festins de Shéhérazade, on servait sept variétés de compotes et confitures : au gingembre, au poivre, à la cardamome, à l'eau de rose, à la fleur d'oranger, au citron... »

Je me tais parce que Mars n'écoute plus. Il a glissé sur ses oreillers. D'un coup tout ce que nous pouvons dire et raconter, nos exploits gastronomiques de vieux garçons, nos souvenirs si cultivés, nos petits jeux de camarades de classe à la récréation, rien ne tient plus, rien n'est plus même acceptable. Mars râle.

Je cherche le bouton de la sonnette. Mais dans

le couloir on entend déjà une sonnerie. Mars veut dire quelque chose. Je vois ses lèvres bouger. C'est un cri qui sort, un cri de protestation : « Les desserts. » Puis un murmure de reproche, si bas, si douloureux, que j'entends à peine, moi qui suis penché sur lui : « On n'a pas parlé des desserts... »

Le médecin de garde est entré. D'un coup d'œil, il a compris. « Sortez. » Je vois encore se former sur les lèvres de Mars le mot « les desserts », mais on n'entend plus rien. Le médecin : « D'ailleurs, il est vingt heures trente, les visites sont terminées depuis longtemps. Mais qu'est-ce que vous avez fait, ou dit, pour le mettre dans un tel état ? »

Les membres du Cercle des douze Mois sortent en silence. Janvier pleure ouvertement. Il dit au médecin :

« Je ne veux pas qu'il souffre.

— C'est ma responsabilité, pas la vôtre », répond-il, très calme.

Il n'y a plus qu'à sortir. Je reste près du lit. Le médecin a fait un signe à l'infirmière. Elle redresse Mars dans son lit sur ses oreillers et rajuste une des branches des « lunettes » qui est sortie de la narine. La petite dame à cheveux gris des bénévoles est là aussi. L'infirmière me dit :

« Tout le monde doit sortir. Même les parents ou les amis. »

La petite dame intervient :

« Ce n'est pas un parent ou un ami. C'est un bénévole de chez nous. Il est habilité. »

Magie des mots dans la vie administrative française, même quand la vie se retire.

« Bon, dit l'infirmière, qu'il ne bouge pas. »

Et elle sort aussi après avoir ajouté le calmant dans la perfusion.

❧

Mars a retouvé le repos assez vite. Il ne râle plus. La respiration est très faible, mais régulière. Il a les yeux fermés, les mains sur le bord du lit. Je lui prends la main. Je ne la lâcherai plus. Plus d'une heure, nous sommes restés ainsi sans bouger, tous les deux. Parfois, l'infirmière passait, jetait un coup d'œil, hochait la tête. Peut-être appréciait-elle l'état du patient. Ou peut-être saluait-elle notre silence. Une heure et demie, près de deux heures ainsi. La respiration de Mars s'est accélérée, sa main s'est tendue sous la mienne. Ses lèvres ont bougé. Il a fini par dire, assez fort, comme un homme étonné : « LA SURPRISE ». Et puis il a répété tout doucement, comme une sorte d'évidence naturelle : « *La surprise.* » Et il n'a plus rien dit, plus bougé, sa main s'est détendue. C'était fini. En cherchant à appeler l'infirmière, je me suis aperçu que ce n'était plus ma main qui tenait la sienne, mais sa main qui tenait ma main. Peut-être voulait-il m'aider.

L'infirmière est venue. Il n'y avait pas à fermer les yeux de Mars, ils étaient fermés. Elle engage les procédures administratives. On est dans la routine. Elle me dit merci, ce qui n'est pas dans la routine. Après un dernier regard, je sors.

Dans le couloir, il y a Août qui m'attend. Depuis deux heures elle est là, seule, sur une mauvaise chaise à m'attendre, parce qu'elle sait que

Mars était mon ami. Je la prends dans mes bras. Elle me prend dans ses bras. Elle m'essuie douce-ment les yeux. Peut-être est-ce cela, vraiment, la surprise. Que quelqu'un en ce monde, ou dans l'autre s'il existe, vous ait attendu.

4

AVRIL

La tache d'encre sur le mur

Il pleut. La moyenne montagne quand il pleut est particulièrement sinistre. L'Allemagne moyenne aussi. Le pasteur Avril nous a convoqués en Thuringe, ex-RDA, espérant sans doute une neige tardive qui donnerait au moins à ces crêtes de résineux la qualité dramatique du noir et blanc. Je reprends sa lettre reçue après que nous nous sommes tous revus dans la tristesse au cimetière Montparnasse où Mars a été incinéré. Grise, la Thuringe a l'air d'un cimetière.

Chers amis,
Il faut nous aérer. Pour mon mois, j'avais d'abord pensé vous inviter à Strasbourg. Avantages : économie, simplicité, qualité de la table, accueil municipal et universitaire, etc. Notre église Saint-Thomas, qui est un peu notre Panthéon alsacien, avec le mausolée de Maurice de Saxe et plus de quarante tombes de prédicateurs, médecins, professeurs, nous aurait volontiers accueillis. Ou encore, au onze de la rue, l'ancien doyenné qui fut habité par de nombreux présidents du consistoire et par le mathématicien Conrad Dasypodius, l'un des créateurs de l'horloge astronomique. Mais, après la dure

épreuve que nous avons subie, une excursion extérieure me paraissait être la bienvenue. Quel lieu symbolique — puisque notre règlement l'exige — pouvait être choisi, qui évoquerait notamment la personne et le message de Luther, grand aventurier de l'esprit qui ne détestait pas les plaisirs de la nourriture et de la boisson, on le lui a assez reproché, et qui aurait pu être élu l'un des nôtres ?... Son lieu de naissance, Eisleben ? Spire, Worms ou Augsbourg, les sites de l'affirmation, de la contestation, finalement de la Réforme ? J'ai choisi la Wartburg, au cœur de l'Allemagne, où il passa près d'un an en retraite semi-clandestine sous le nom de « chevalier Georges », chevelure bouclée et épée au côté. C'est là qu'il affronta personnellement, non seulement le pape ou l'empereur, mais le démon lui-même. Encore une aventure.

Voir fiche jointe sur les moyens de transport possibles, route, chemin de fer, avion. Pour ceux qui le souhaiteraient, je louerai un véhicule au départ suivant le nombre, avec rendez-vous à la gare de Strasbourg et trajet à travers l'Allemagne historique et artistique jusqu'à Eisenach et la Wartburg, lieu de naissance de Jean-Sébastien Bach comme chacun sait. Nous passerons par Fulda, Würzburg, Marburg, Göttingen. Nous enchaînerons par la « route des contes de fées », le « sentier des philosophes », la trace de la « chasse sauvage » dans les monts du Hörsel. Le Rennsteig est la plus grande randonnée pédestre du monde (168 kilomètres) entre Thuringe, Hesse et Bavière. Nous saluerons les

moines irlandais fondateurs, les bâtisseurs
romans, les trouvères célèbres, les musiciens,
les princes constructeurs et tous les écrivains,
Goethe, Schiller, Jean Paul et les autres. Nous
aurons pénétré ainsi au véritable cœur de l'Allemagne, qu'elle soit médiévale, baroque, romantique, et au cœur de la réforme allemande, celle
de Luther (qui est le même). Parce que je n'ai
pas d'autre aventure que celle de ma foi. Un
grand concert Jean-Sébastien Bach dans le château est prévu pour la veille au soir de notre
réunion. Me dire aussi ceux qui sont intéressés,
il faut retenir. Tout marche en Allemagne, sauf
l'improvisation. (Je vous écris cette lettre à la
main, je n'ai plus de secrétaire.)

> Très fidèlement,
> Avril.

Cher Avril..., mais je me serais passé de la
Wartburg sous la pluie. Finalement, chacun de
nous est venu individuellement. Le rendez-vous au
Gasthaus *Wartburgscheifre*, en bas de l'allée qui
monte au château, fut lugubre. Avril avait choisi
cette sorte d'auberge de la jeunesse de style dit
rustique par économie. Sur le seuil, il assurait l'accueil et l'interprétation en allemand. On l'entendait
à peine. Le congrès d'une association corporative
d'étudiants répétait sa fête annuelle avec chants et
fanfares, cuivres, chœurs et refrains. Tout juste
s'ils ne se tapaient pas en cadence sur leurs
culottes de peau. Le folklore est déjà difficile à
digérer par plein soleil. Par temps humide, il est
insupportable.

Il y a sûrement d'excellents hôtels à Eisenach. Mais Avril tenait à sa Wartburg. Demain, le déjeuner officiel du mois aurait lieu à l'hôtel Wartburg, plus haut, médiéval et historique à souhait, grande classe. J'espère plus calme. Dans nos chambres nous trouvons le programme :

Mercredi, arrivée dans la matinée. Restauration rapide au Gasthaus. Le petit déjeuner très copieux est recommandé : pains blancs, noirs, aux noix, aux fruits (il y a trois cents variétés de pains en Allemagne), œufs, jambons, charcuterie, muesli, fruits, café, eaux minérales, etc. Il permet de se passer de déjeuner.

14 heures. Randonnée pédestre pour un aperçu du Rennsteig. Des spécimens botaniques remarquables peuvent être admirés (graminée en forme d'étoile).

18 heures. Retour au Gasthaus. Thé ou café. Collation. Temps libre.

20 heures. Concert Jean-Sébastien Bach dans la grande salle monumentale de la Wartburg. Robe longue, tenue correcte. Les places sont retenues.

Souper libre.

Jeudi, libérer les chambres avant 9 h 45.

10 heures. Départ pour visite guidée de la Wartburg.

12 heures. Déjeuner du mois offert par Avril à l'hôtel Wartburg.

Départ libre.

Je pense à la tête de Janvier lisant le program-

me ! Lui fixer son « temps libre ». Et ses menus !
Et aussi à ce cher Avril, qui vit de son modeste
traitement de professeur de théologie comparée à
l'université de Strasbourg. La façon dont il a écrit
à la main lettre, recommandations touristiques,
programme, etc., en les polycopiant lui-même
dans quelque couloir obscur de sa faculté...

Oui, tout rata dès le début. D'abord les arrivées.
L'un avait perdu ses bagages à l'aéroport de Leipzig. Un autre avait attrapé froid dans le car d'Er-
furt. Un autre encore avait confondu Wartburg et
Würsburg. Janvier était là avant tous les autres.
On vit repartir la limousine aux vitres teintées qui
l'avait amené, ex-véhicule de fonction d'un haut
dirigeant de la STASI sans doute. Il avait laissé
le message qu'il ne serait qu'au rendez-vous du
lendemain : il devait auparavant se consacrer à une
cérémonie de recueillement à l'ancien rideau de
fer tout proche. On vit quand même une servante
en tenue locale lui apporter dans sa chambre un
solide plateau. Novembre, encore plus frigorifié
que d'ordinaire, semblait en permanence reprocher à la terre entière d'avoir laissé ouverte la
porte du paradis. Il s'était enfermé chez lui en
négociant à prix d'or un réchaud à pétrole, vestige
de l'industrie d'État de l'Allemagne de l'Est
démocratique et populaire. J'attendais Août. Elle
ne vint pas. Un court message m'indiquait que
nous nous retrouverions le soir au concert Bach.
Déjà, au dernier moment, elle avait décommandé
notre projet de venir en voiture pour visiter pendant le week-end cette Allemagne baroque peu
connue des Français, si musicale et littéraire, si

riche de ruines historiques et de palais municipaux. Nous nous aimions, j'en étais sûr, et pourtant il me semblait parfois que mon attachement
lui pesait. Attachement, le mot est bien choisi :
elle n'a jamais aimé les liens, sauf ses bracelets
qu'elle fait tinter en parlant.

Le déjeuner à l'auberge, *Braunkohl mit Brägen-
wurst* (chou avec saucisse à la cervelle), se passa
dans une telle agitation d'allées et venues que je
n'en ai aucun souvenir, sinon que la bière était
bonne. À quatorze heures pile, Avril nous attendait devant la porte, paré de pied (godillots ferrés)
en cap (feutre tyrolien) pour la randonnée
pédestre. Ce fut à qui se défilerait le plus vite.
Janvier, disparu dans le no man's land du rideau
de fer. Août, toujours pas signalée. Novembre,
calfeutré. Septembre avait une entorse. Juin se
demandait comment retrouver sa valise. Juillet,
parti saluer des cousins germaniques du Gotha, à
Gotha. Décembre, pas signalé non plus. Février,
disparu chez les bouquinistes d'Eisenach à la
recherche des *Soirées des frères Sérapion*
d'E.T.A. Hoffmann. (Il ne pouvait pas pour une
fois faire simple et s'intéresser aux frères
Grimm ?) Bref, j'étais seul, Avril m'avait vu, et je
n'ai pas eu le cœur de lui manquer. Malgré mon
imperméable mince et mes mocassins de ville, je
lui ai proposé de le conduire avec ma voiture au
début du Rennsteig ; puis là, bien sûr, le cœur m'a

de nouveau manqué pour l'abandonner sous la première pancarte marquée « R ».

« Je vous fais un circuit court, m'a-t-il dit. Deux heures de marche. Pour vous donner quand même une idée.

— Une heure suffira », ai-je eu à peine le temps de souffler.

Avril était déjà parti devant moi à grands pas. Je n'avais plus qu'à suivre. La pluie se mit à tomber.

Le brouillard montait vers nous. Dans les éclaircies, Avril s'arrêtait et m'expliquait le paysage. Ces longues suites de crêtes noires entre neuf cents et mille mètres composaient un étrange décor qui avait enflammé l'imagination de tous les romantiques allemands et même celle du si sérieux M. Goethe. Avril précisait qu'il n'était pas germanophile — impossible pour un véritable Alsacien comme lui —, mais que la nature allemande provoquait en lui un sentiment de respect et de mystère proprement religieux. « Les Français, bien sûr, n'y ont jamais rien compris, notamment les calvinistes, ce qui n'est pas une surprise quand on sait qu'ils ont voulu supprimer dans leurs offices toute participation musicale instrumentale. Dieu merci, et Bach aidant, nous les luthériens avons tenu bon. » Il m'était très difficile d'écouter Avril, parce que le sentier le plus souvent n'était pas assez large pour permettre de marcher à deux de front. Je saisissais seulement des fragments que m'apportaient la pluie et le vent. Je pensais à Août.

Avril me fit remarquer dans la mousse du sous-bois un type de plante grasse particulièrement intéressant à cette altitude :

« Ces montagnes de Thuringe sont un extraordinaire relais entre la flore alpine et celle de Scandinavie. Et voici un aster noir, rare. » Il est ému, Avril. « Peut-on imaginer plus impressionnant spectacle que celui de la Création, dit-il face au Thüringer Wald. Est-ce que vous vous rendez compte que la moitié de ce qu'a compté la musique, la littérature, la philosophie germanique, et donc de l'Europe, s'est inspirée de ce que nous voyons ? »

Et il respira à fond. Il respirait le paysage. Je pensais à Août.

« Il faudrait que vous parliez à Août pour moi », dit-il en reprenant la marche. A-t-il lu dans mes pensées ou seulement sur mes lèvres ? « Oui, ami Octobre. Parfois, je me sens assez déplacé parmi vous, chez qui les tendances spiritualistes ne dominent pas. Pourquoi l'un d'entre vous, évoquant avec la discrétion de rigueur son initiation maçonnique, qui ne me choque en rien comme vous le savez, a-t-il cru bon de citer ses réponses aux trois questions dans le cabinet de réflexion : "Quels sont les devoirs envers le grand Architecte de l'univers ?

— Aucun.

— Quels sont les devoirs envers l'univers ?

— Être universel.

— Quels sont les devoirs envers l'humanité ?

— Être humain."

« Le ton n'était pas vraiment amical à l'égard

d'un croyant. Oui, je me demande si ma place est dans ce Cercle.

— Mais si, mais si. Tous nous vous aimons et nous vous respectons. » J'insiste. Je me penche à son oreille, à cause du vent. « Vous savez que votre lettre, Mars la gardait sous son oreiller et, après me l'avoir fait lire, dans sa main, le creux de sa main en mourant ? »

Le pasteur Avril s'est arrêté. Son regard est très loin, au-delà des crêtes. Il n'ose pas m'embrasser. Ce n'est pas son style. Il murmure peut-être une prière, ou une phrase d'un hymne. De tout son poids, il s'appuie sur mon épaule. Pourquoi a-t-il évoqué Août ? Août et moi ?

« Il faut que vous préveniez notre présidente Août, ami. J'ai essayé de faire le mieux pour ce dîner du mois qui est le mien. Rien ne se passe comme je l'aurais souhaité. Qui peut commander au temps ? C'est dans l'Écriture. »

J'écoute en battant mes semelles trempées et en serrant mon pauvre imperméable. Le brouillard est revenu et les sommets du Grosser Inselberg et du Grosser Beerenberg ont de nouveau disparu.

« La vérité est que je ne sais pas raconter d'aventures extraordinaires, vraies et exemplaires, comme le veut votre règlement. Certes, vingt ans de vie missionnaire dans divers pays d'Afrique et d'Asie laissent en souvenir quelques anecdotes pittoresques. Mais, soyons honnêtes, *véritables* : devant un tel paysage, comment s'intéresser au pittoresque ? Et dans la patrie de Bach, comment écouter autre chose que son chant qui est la parole de Dieu ? Demain, au déjeuner, je n'aurai rien à dire. Prévenez Août. Vous savez comment parfois, entre nous, nous appelons Jean-Sébastien Bach ? Le cinquième évangéliste. »

Nous nous sommes retournés et nous avons repris le Rennsteig pour rentrer à l'auberge de la Wartburg. Avec le vent et la pluie dans le dos, marcher est plus facile. Quand nous sommes arrivés au parking où j'avais laissé ma voiture, Avril dit :

« Au moins, nous n'avons pas fait de mauvaise rencontre... Les monts du Hörsel sont les plus magiques de l'Allemagne entière. Savez-vous que le plus célèbre des habitants des Hörselberge est Wotan lui-même, roi des dieux ? Les compagnons de la chasse sauvage hurlent dans la tempête en portant sur leur dos leur tête, leurs bras, leurs jambes qu'ils ont perdus dans les combats. La patrie de Bach... Un Bach qui est aussi guerrier et magicien... Des sons de cors dans la nuit, de la peur au ventre, le mal qu'il faut vaincre. Te tairas-tu, démon ? Le chevalier Tannhäuser, cher à M. Wagner, a été retenu ici sept ans par les charmes de Vénus. Remarquez, rien n'est tout à fait mauvais. Dans le Hörsel, vous pouvez tomber sur la sympathique Frau Holle qui récompense les courageux. Une de ses filles, Goldmarie, sait cueillir les pommes mûres au bon moment et ne laissera pas brûler votre pain. »

Je suis tellement surpris par cet aparté fantasque, susurré par le pasteur Avril comme s'il parlait à son feutre tyrolien, que je ne réponds pas. D'ailleurs, je pense à Août. Ce n'est qu'une fois en voiture qu'il ajoute plus nettement :

« L'Allemagne a trop de vertus secondaires excellentes : l'exactitude, l'amour du travail bien fait, la discipline et ce qu'on appelle en général la fidélité. Cela laisse parfois la place à quelques divagations dramatiques dans les vertus premières. Le concert Bach sera très beau. Vous savez ce que Goethe disait de Bach, ou à peu près ? "L'harmonie de Dieu avant la Création." »

J'ai juste le temps de me sécher les pieds et de changer de chaussettes. Sous la porte, un mot griffonné : « J'ai pris du retard. Garde-moi une place au concert. Bisous. » Il y a aussi de la part d'Avril une enveloppe à mon nom avec le billet d'entrée, le programme et un court descriptif de la salle d'apparat du château manifestement tapé avec deux doigts par Avril. « La décoration date essentiellement des années 1850 dans le style national-troubadour. Les plafonds à caissons ont été conçus au milieu du XIXe siècle par le grand Liszt lui-même, chef d'orchestre à la cour de Weimar, pour améliorer l'acoustique musicale du lieu avant d'y diriger son grand oratorio, *La Légende de sainte Élizabeth*. Peu d'endroits au monde ont vu autant de grands événements historiques, que racontent fresques, colonnes, entablements, chapiteaux, peintures, symboles. Par exemple, la "guerre des chanteurs", célèbre concours organisé en 1207 par le comte Herman Ier auquel prirent part les poètes les plus fameux du temps, Wolfram von Eschenbach et Walter von der Vogelweide. *Parsifal* a été écrit ici ! La princesse Élisabeth de Hongrie, sainte de l'Église catholique, y a vécu. En 1817 — je fais vite —, cinq cents étudiants représentant onze universités allemandes se réunissent dans cette salle pour fêter le trois centième anniversaire de la Réforme luthérienne et le quatrième anniversaire de la bataille de Leipzig contre Napoléon. Première manifestation "bourgeoise" contre l'autocratisme des princes et en faveur de l'unité nationale, que néonazis et communistes cherchèrent bien sûr à récupérer. Le drapeau suspendu au-dessus de la grande cheminée que vous aurez en face de vous pendant le concert est le leur : rouge, noir et or. Avril. »

Pendant une demi-heure, je dois défendre la place d'Août à côté de moi. Frei ? Free ? Libre ? Nein. No. Non. Elle arrive pratiquement en même temps que l'orchestre et encore plus spectaculairement. Elle porte une robe de velours très haute, très longue, très moulante, très chaude, très douce, couleur carmin, ou grenat, ou rubis sombre. Comme si elle était tout habillée de rouge à lèvres. Le *Cinquième brandebourgeois. Allegro.*

Le grand pianiste Richter a écrit : « Il n'y a rien que je déteste plus que la politique et les commentaires. » Je ne vais pas commenter un *Brandebourgeois* ! Il vaudrait mieux photocopier la partition. À un moment, la flûte traversière va se taire : elle n'est pas faite pour la puissance et la gloire, comme les cuivres, mais pour la beauté flatteuse du solo. Le cœur parle. Le miracle Bach est, on le sait, cette union de la maîtrise technique et de l'enthousiasme du cœur. Et c'est le cœur qui gagne.

Quelques spectateurs bougent leurs chaises, toussent. Trois retardataires, confus, se glissent à leurs places. Avril se lève à moitié pour voir si nous sommes bien tous là, si nous apprécions, si nous sommes heureux.

Deuxième mouvement. *Affettuoso*. Deux de mes voisins, justement, suivent sur la partition. Je pose la main sur le genou d'Août. Je sens la petite protubérance d'une jarretelle. Elle a mis des bas. Je ne bouge plus ma main. Rien n'est plus émouvant qu'une femme qui pense à plaire. Août a fermé les yeux, sans doute pour mieux entendre la musique. Je ne vois pas Décembre dans la salle d'apparat de la Wartburg. On l'avait aperçu pourtant à l'auberge. Le goût de ne rien faire comme les autres ! La navigation en solitaire, peut-être.

Troisième mouvement. *Allegro*. L'enthousiasme. C'est la première fois dans l'histoire de la musique qu'un instrument à clavier — clavecin ou piano — se libère de l'orchestre et joue seul, pour lui, à sa propre cadence. Discipline et liberté. Tous les messages contradictoires — ou complémentaires — de la religion. Je comprends la passion d'Avril. Qui a dit que le concerto, par la rivalité qu'il crée entre le soliste et l'orchestre, était une « forme immorale » ? Glenn Gould. Le bonheur n'est jamais immoral. C'est le regret qui apporte le mal. Fin du troisième mouvement. Applaudissements. J'enlève ma main de la cuisse d'Août pour applaudir. Bravo.

Pause. Manifestement, Décembre ne viendra
pas. La dame qui va interpréter le *Septième
concerto pour piano en sol mineur* a une robe pail-
letée à manches gigot qui relève plutôt du caf'
conc' de l'entre-deux-guerres. Elle porte aussi une
forte ombre de moustache. Dès les premières
mesures (*allegro* — mais Bach lui-même n'avait
donné aucune indication), on oublie si elle est
grande ou petite, belle ou laide, jeune ou vieille.
Et la moustache et le lamé...

La plus grande virtuosité d'un soliste de
concerto est de faire oublier qu'il y a un soliste.
La sonorité du plafond à caissons de la Wartburg
est parfaite : Liszt avait raison. Les fresques
murales historiques de Moritz von Schwind, envo-
lées. Et les chapiteaux et les arcades et les dormants, j'oublie. Je ne pense qu'à ma main sur
Août. Mais le *Septième concerto pour clavier*
force l'attention. J'oublie aussi ma main. Bach
donnait si peu d'indications d'exécution, que fau-
drait-il inscrire en italien sur la partition ? Avec
passion ? avec bonheur ? avec joie et tristesse
mélangées ? Avec sérieux. Le métier, toujours le
métier. Et les rapports de l'homme avec l'homme,
et de l'homme et de la femme, et dans un couple,
de celui qui aime plus et de celui qui aime moins,
ce n'est pas aussi « immoral » que le concerto ?
Pas d'entracte. Juste le temps de se racler un peu
la gorge, voire de se moucher. La Wartburg en
avril est humide.

Les organisateurs ont voulu donner deux
œuvres concertantes et deux œuvres chorales.
D'abord la cantate BWV 21, *Ich hatte viel Beküm-*

mernis, « *J'avais une grande affliction* ». Comme est émouvant ce remue-ménage d'un orchestre qui s'installe et s'accorde. À quoi pense Août, les yeux fermés ? Et moi qui n'ose pas, comme un jouvenceau, poser de nouveau la main sur elle ? Alors, à défaut, je lui prends la main. Pendant le duo célèbre de la basse et du soprano, voix d'homme grave contre voix d'enfant, je la perds, elle cherche quelque chose dans son sac. Après, il sera trop tard : il ne nous restera qu'à applaudir avec passion l'*Alléluia* final. La joie au bord des larmes. Je comprends que tous les romantiques se soient repus de Bach. Le triomphe des sentiments.

Décembre ne sait sans doute pas que Beethoven appelait Bach « la mer ». Il aurait pu venir quand même, au moins par correction à l'égard du pasteur Avril qui a mis tant de cœur à l'organisation de notre soirée. Mes voisins changent de partition. Le *Magnificat*. Cet hymne a longtemps fait partie de la liturgie luthérienne à Leipzig. Bonheur des vocalises des voix féminines dominant l'éclat des timbales et des trompettes. Bonheur du motif dansant des violoncelles pendant l'*Exultavit*, discrétion du *Sicut locutus est* pour rendre encore plus triomphant le *Gloria* qui va conclure l'œuvre. Oui, la gloire. Et l'amour. J'aide Août à se lever pour l'ovation. Bravo, bravo. La grande salle de la Wartburg vibre sur ses fondations de mille ans. Août demande :

« Tu fais quelque chose ce soir ?

— Pardon ?

— Oui, tu fais quelque chose ce soir ? On pourrait aller à Eisenach, où il y a une boîte très sympa.

Des jeunes locaux. Un mélange de rave et de country. Je dois y retrouver Décembre.

— Une boîte ? À Eisenach ? Avec Décembre ? Dans la cave de la maison de Luther peut-être ?

— Hé, ce n'est pas toi le pasteur. Moi, après deux heures de concert, je ne peux pas me coucher. Il faut que je sorte. Il est si tôt. »

Toujours, avec Août, j'aurai un problème d'horloge. Nos horaires ne sont pas les mêmes. Ses humeurs de bringueuse n'arrêteront pas de me surprendre. Ainsi nous étions-nous séparés autrefois, sans nous brouiller, seulement parce que nous ne nous rencontrions plus. Je commençais à avoir envie d'aller me coucher quand elle commençait à ne plus supporter de rester à la maison. Et puis, en octobre, chez moi dans la vieille maison, elle avait dit : « Je t'ai toujours aimé. Trop tard. » Et j'avais dit : « Trop tard. » Il avait fallu la tempête d'Ouessant, et le lit étroit du patron de l'hôtel à Molène, et le drame qui frappait le Cercle des douze Mois, pour que nous nous retrouvions enfin.

« Viens, tu n'es pas de trop », dit-elle très gentiment en jouant avec ses cheveux.

Je pense : Quelle merveilleuse robe de velours rouge, et je dis en tournant la tête :

« Les boîtes, moi, tu sais... »

Au petit déjeuner du Gasthaus qui n'a pas changé (muesli, charcuterie, pains divers, fromages variés), je tombe sur Juin. Il prend un café noir. Il dit, comme une évidence démontrée au tableau :

« Bach est le plus grand calculateur de tous les temps. Vous savez combien de mesures il a tenues, sans perdre le fil, pour développer un thème mélodique ? Soixante. »

J'ai envie d'ajouter : CQFD. Il est si sérieux que je réponds seulement :

« Je ne vous savais pas mélomane.

— Mais si, comme tout mathématicien. L'X est l'institution française qui compte le plus de musiciens amateurs. C'est bien connu. Pythagore, qui est notre père à tous, il y a vingt-cinq siècles a inventé la géométrie analytique, le calcul des marées et la gamme. Le monde n'est que nombres et proportions plus ou moins heureuses. Nous parlons souvent, nous scientifiques, de valeurs approchées. Bach est la valeur la plus approchée de la perfection. Dans chaque *Brandebourgeois*, il y a des constructions de fugues et de contrepoint qui s'enchaînent, parfois quatre ou cinq, comme des équations à plusieurs inconnues, alors que tout est parti de quelques motifs d'une vulgaire danse, la sarabande. »

Il n'a jamais parlé autant, notre polytechnicien mélomane. Pendant que je tartine de margarine mon pain noir aux raisins, il reprend un café.

« L'amusant est que ses contemporains ne l'admiraient que comme un brillant improvisateur. Pour ses œuvres, on les trouvait trop chargées de variations personnelles, trop ornées. Le contraire de notre opinion aujourd'hui, où on apprécie la technique, la rigueur, la modernité. Bach est juste, comme on le dit d'une solution. On demandait un jour à une honorable ménagère quelle impression elle ressentait en écoutant la musique de Bach. Réponse : "C'est comme quand je range mes tiroirs." Bon. On va à la visite du château, ou vous séchez les cours ?

— Allons à la visite du château. Pour Avril. »

Notre malheureux ami est devant la porte à nous attendre. Nouveau contretemps. Il faudra avoir dégagé à treize heures trente la salle de l'hôtel qui nous était réservée. L'hôtel Wartburg est de style historico-solennel et sert à de grands mariages. Il y a grand mariage. *Ich bedauere, aber...*

« On va raccourcir le parcours, dit Avril désespéré. Une heure. Et pour la réunion du mois, rendez-vous à onze heures trente au plus tard. »

Juin, Septembre, Février se joignent à moi pour accompagner le pasteur au château. Et, de façon surprenante, Janvier !

« Je m'intéresse, siffle-t-il, aux reconstitutions historiques. Entre les romantiques et les marxistes-léninistes, on peut hésiter pour la palme de l'hypocrisie. Mais ne comptez pas sur moi au-dessus du premier étage. »

Salle des preux ou des chevaliers... Vaste charpente à solives en cœur de chêne, l'examen dendrochronologique permet de préciser que l'arbre a été abattu en 1168... Le guide est pressé. Avril nous traduit en français. Mais il a peine à suivre. Janvier bougonne. Février fait l'intéressant en posant des questions sur la dendrologie. On passe à la pièce à cheminée d'Élisabeth de Hongrie. Peintures historiques du milieu du XIXᵉ siècle.

Mosaïque décorative mise en place entre 1902 et 1906... Fragment de peinture du XIVe siècle. Sculptures de pierre vers l'an 1200 de transition romano-gothique. Crucifix de Reisfeld.

Avril renonce à tout traduire, mais commente :

« Savez-vous que la croix a été longtemps un graffiti anti-chrétien, symbole de châtiment honteux ? Et qu'il a fallu attendre le XIIIe siècle pour qu'on ose représenter le Christ en croix ? »

On rattrape le guide officiel qui est déjà dans la galerie Élisabeth. Fresques du XIXe siècle à la gloire de la Margravine canonisée. Fresque de 1854 représentant la fameuse « guerre des chanteurs » déjà citée... Fresques sur la famille des Landgraves et des légendes de Thuringe... On arrive à la salle d'apparat, où a eu lieu le concert d'hier. « On connaît », dit Février. Le groupe a perdu Janvier. Le guide s'entête. Avril s'entremet. On retrouvera Janvier au rez-de-chaussée, à la conciergerie, dans la chambre de Luther, sol de pierre, cloisons de bois, table rustique, en arrêt devant les portraits des parents de Luther par Lucas Cranach l'Ancien.

« La passion littéraire et politique a toujours été un produit de la petite bourgeoisie », dit-il entre ses dents. Et il boutonne sa veste un peu plus pour donner à ses paroles une sorte de solennité.

« Où est la tache d'encre sur le mur ? » demande Février.

Avril traduit. Le guide ne répond pas. Discussion en allemand entre le guide et le pasteur. Avril traduit un long historique de la présence de Luther dans cette pièce pendant près d'un an. Le Grand

Électeur l'a fait enlever pour le protéger du pape et de l'empereur après son refus de céder à leurs injonctions. C'est là que Luther, déguisé donc en chevalier, écrit en quelques mois la version en allemand du Nouveau Testament qui va être une révolution culturelle et religieuse. Très vite aussi, sociale et politique. La révolte des paysans n'est pas loin.

« Où est la tache ? » répète Février.

Avril intervient :

« La tradition dit qu'à la Wartburg Luther a été l'objet de toutes les tentations du démon. Il considère que la vertu n'existe pas sans la tentation qu'il met au même rang que la prière et la méditation. Face aux trois concupiscences : le savoir, les sens, la domination. À cette table, pendant près d'un an, quand il traduisait le Nouveau Testament en allemand, le démon venait le harceler d'images obscènes pour l'empêcher d'écrire. »

Le guide officiel, gêné, regarde le bout de ses souliers carrés.

Alors, la tache...

« Oui, dit Avril. Un soir, exaspéré, Luther lui a jeté son encrier à la tête. L'encrier s'est brisé contre le mur. Pendant des siècles on a montré la tache d'encre aux pèlerins et aux touristes. Et puis les autorités de la RDA ont jugé le détail politiquement peu correct et la tache a disparu du mur. »

Le guide officiel relève la tête (il date de la fondation de la RDA).

« Il faut dire aussi que les visiteurs voulaient tous un morceau de la tache. Ils grattaient le mur.

Un désordre tout à fait inadmissible. Messieurs, avant de quitter la Wartburg, vous devez passer par la plate-forme du panorama, à droite en sortant, incluse dans le circuit. Vue unique. »

Janvier s'est arraché à la contemplation des rides du visage du père de Luther peint par Cranach. Il grommelle :

« Avec le temps qu'il fait, et toute la vallée dans les nuages, je pense qu'on peut se passer de la vue.

— Ah, dit le guide de son ton le plus officiel, ici, monsieur, c'est quand on est au-dessus des nuages que la vue est belle. »

Et pour la première fois peut-être de sa vie, Janvier n'a pas eu le dernier mot. D'ailleurs, le pasteur Avril regroupait ses ouailles : avec cette fichue noce, il fallait sans attendre aller tenir notre réunion du mois. La sienne. Pour laquelle il n'avait rien à raconter.

L'hôtel Wartburg est de première catégorie : concierge digne, boiseries sombres, bar tamisé, vitraux tristes. La pièce qu'on nous désigne servira pour l'apéritif avant le grand repas de mariage. Le buffet est déjà dressé. Des serveurs en cravate noire entrent et sortent avec des seaux à mousseux en s'interpellant. Tout est raté. J'attends Août. Elle entre, dit vaguement bonjour. Elle a l'air ailleurs. Nous sommes tous assis en rond sur des chaises de bois, dures comme des chaises de location. Il

faut se lever pour aller se chercher une bière, le
personnel étant débordé. Notre déjeuner sera
constitué seulement des à-côtés du buffet de la
noce, petits sandwiches et autres zakouski de
série. Janvier lève les yeux au ciel. Le plafond est
superbement décoré de caissons dorés. C'est ce
qu'il y a de plus gai.

Août se racle un peu la gorge :

« Cher Avril, merci pour cette excursion passionnante et cette merveilleuse organisation. » Elle
se fiche de nous, ou simplement elle s'en fiche ?
« Et maintenant, la séance est ouverte. Comment
dit-on déjà coussin en allemand ?

— *Kissen*.

— Je pense que les chaises sont comme l'hôtel,
en chêne rustique. Avril, vous ne pourriez pas
demander quelques *Kissen* au personnel, je ne vais
pas supporter longtemps le chêne rustique. Bon.
D'abord, l'élection en remplacement de Mars. Pas
de minute de silence à sa mémoire, c'est le règlement. Quelques secondes pour une image de sa
vie. Nous avons été tous bouleversés par sa mort.
Je suis encore bouleversée. »

D'un coup, son air de chatte capricieuse fati-
guée a été chassé de son visage. Son regard est
devenu si triste, si profond, si las, que c'est moi
qui suis encore plus bouleversé. Mais elle a déjà
repris :

« Élection, donc. La dernière fois, pour Mai,
nous avons eu deux candidats à égalité que seul le
troisième tour a départagés. Nous avons élu Julius.
Reste le Dr M. Il m'a fait savoir qu'il était de
nouveau candidat. Je rappelle les conditions : pas

plus de deux votes blancs et une croix au premier tour, pas de croix au second tour. Votons. »

J'étais décidé à mettre une croix. Les amoureux d'Août, cela suffit comme ça. On ne va pas peupler ce Cercle de ses ex, avec décisions prises à la majorité d'entre eux reconnus authentiques sur présentation de dossier. Malgré toute l'estime et l'amitié que j'ai pour le Dr M., non. Mais Août a eu tout à l'heure un regard si lointain, si beau, que je n'arrive pas à tracer une croix qui serait un peu contre elle. Je mets un bulletin blanc. Dépouillement. Six voix pour. C'est la majorité. Mais il y a deux bulletins blancs (celui d'Août et le mien, je pense) et trois croix ! Même s'il y a majorité, pas d'élection. Les statuts ne se discutent pas. Et les amoureux de la présidente, c'est clair, ça ne passe plus.

« L'élection est reportée à mai, dit Août très calmement, comme si elle s'était attendue depuis longtemps au résultat. La parole est au pasteur Avril pour son récit du mois. »

Un maître d'hôtel apporte, réticent, une dizaine de coussins plats en tapisserie qu'il a dû faire prendre à la chapelle du château. Manifestement, il doute de notre foi.

« Si j'ai choisi la Wartburg, commence Avril d'une voix très basse, c'est à cause de cette tache d'encre sur le mur. Vous êtes tous de grands aventuriers. Quelle est la plus extraordinaire aventure pour un homme, qu'il soit du XVIe siècle ou de notre temps, que de se battre contre le démon ? Le Mal a beaucoup de noms et sa spécialité, on le sait, a toujours été le déguisement. Quand vous

entendez à la télévision un commentateur politique se féliciter de "l'effet d'annonce" d'une
décision, c'est-à-dire que seule l'apparence immé-
diate compte sans aucun lien avec le résultat à
attendre, ne croyez-vous pas que c'est le prince de
l'ombre et de l'illusion qui mène le jeu ? Ange
veut dire messager. Le messager sans message ?
Quand vous entendez des jeunes gens crier : "Mon
corps est à moi, j'en fais ce que j'en veux", ne
pensez-vous pas que, plutôt qu'une libération, il y
a soumission à un nouveau maître, qu'on le représente ou non avec cornes, sabots et queue four-
chue ? Le pire des déguisements du Mal est de
s'habiller comme chacun de nous.

« En uniforme. Ce monde ne supporte plus
aucune différence. Ni entre vieillesse et jeunesse,
ni entre homme et femme, ni entre professeur et
élève... Ni entre bonne santé et maladie, ni entre
Bien et Mal, et surtout pas entre vie et mort... Les
idéologues au pouvoir en France depuis des
années se sont attachés à faire disparaître l'Éducation dans la mesure où elle pouvait favoriser des
talents ou des qualités, donc des différences. Gom-
mons la gloire, la vertu, l'au-delà. La victoire du
démon sur Dieu – et sur l'espérance de l'homme
qui est ensuite son principal ennemi – est qu'il n'y
a plus lieu à résurrection puisqu'il n'y a plus
mort... *Zero killed*. »

Étrange silence. Les membres du Cercle s'agi-
tent un peu sur leurs chaises dures. Un serveur
entre et s'étonne de trouver la pièce occupée.
Avril dit à voix encore plus basse :

« Pardonnez-moi. Je me suis cru à l'école du dimanche et voilà un sermon de plus.

— Mais non, dit Août gentiment. Je serais très heureuse que les membres du Cercle racontent quelques témoignages de ce genre de lutte. Le curé d'Ars, Bernanos, me semble-t-il... »

Cet effort d'Août tombe à plat. Silence. Juillet, qui est duc et pair, a de l'éducation, même s'il aimerait qu'on le prenne pour un noir forban, prend courageusement le relais :

« Je ne connais que des aventures de revenants. L'une de mes tantes britannique (Juillet, comme la reine Victoria, cousine avec toute l'Europe) racontait cette histoire qui serait arrivée à l'une de ses parentes. Chaque nuit, vers le milieu de la nuit, dans son sommeil elle souffre de vertiges, de migraine, d'étouffements insupportables. Un soir, n'y tenant plus, elle décide de ne pas se coucher et de s'installer dans un bon fauteuil, avec un bon plaid sur les genoux, une bonne tasse de thé, un bon roman, jusqu'à l'heure critique où les malaises commencent. Plus la nuit avance, plus elle se sent mal. À tel point qu'elle ne peut pas rester en place et décide de sortir prendre l'air.

« La voilà dehors. Elle marche dans la nuit. Elle marche tant, la nuit est si obscure qu'elle se perd. Elle est au milieu de grands bois. Au-dessus des arbres, la lune paraît par moments entre des nuages noirs qui filent très vite. Où est-elle ? Dieu merci, elle aperçoit au loin la lumière d'une lampe. Elle s'approche. Entre deux nuages, elle voit la grille d'un parc et, derrière la grille, la façade d'un château. La lumière est celle de la maison du gardien à l'entrée. Elle s'approche. Sur la grille, un écriteau "Propriété à vendre". Puisqu'il y a de la lumière chez le gardien, le gardien ne doit pas dormir, elle peut se renseigner. Elle tape au carreau. Un vieil homme ouvre. Elle lui demande : "Cette propriété a l'air très belle, elle est à vendre depuis longtemps ?

— Oui, madame. Près de dix ans.

— Et pourquoi n'est-elle pas vendue ?

— Parce qu'elle est hantée.

— Hantée ! mais par qui ?"

« Le gardien la regarde et répond : "Mais par vous, madame." »

Il y a des membres qui approuvent, d'autres qui s'étonnent. Mouvements divers.

« Charmant... Très bonne chute...

— Où sommes-nous tombés ! Le club spirite des retraités du Sussex ? »

Août doit intervenir :

« Les règles du Cercle ne sont pas respectées. Cette histoire n'est ni vraie, ni exemplaire. Un blâme pour Juillet. »

Quel professeur elle devait faire !

« Bon, dit Juillet. J'accepte le blâme. Mais c'était plutôt pour passer le temps. Les chaises sont si dures. »

On rit. Avril a l'air peiné. Manifestement, on ne l'a pas compris.

« J'espérais, reprend-il, que parmi tous les membres du Cercle qui ont eu tous des vies si bien remplies, si courageuses, avec tant de hautes responsabilités, certains auraient pu venir à mon aide pour illustrer de cas concrets, actuels, la nécessaire lutte contre le Mal. Voyez-vous, je ne suis qu'un ministre du culte, comme on dit chez nous. Et cela ne veut pas dire que nous exigeons des escortes motocyclistes, au contraire. Ministre a le même radical que *minus*, et désigne un simple agent d'exécution. Ce n'est pas moi qui détiens la Parole. Qui en ces temps de confusion peut même reconnaître le sacré ? J'espérais qu'ici, à la Wartburg, le lieu nous aiderait. La pluie, une noce... »

Août sent la nécessité de relancer le récit. Très fermement, elle dit :

« Laissons la météo et le mariage en dehors de nos débats. Avril, si une anecdote peut nous donner à nous le sens du sacré, c'est à vous de la raconter, et à personne d'autre. »

Tous les membres approuvent. Avril paraît rêver un peu.

« Ce sont des souvenirs, dit-il. Des détails. Comme des photos dans un album jauni. Mais je ne les oublie pas. J'étais missionnaire dans le Nord-Cameroun. Un petit garçon arrivait chaque matin à mon école légèrement essoufflé et en retard. Il était si propre, si attentionné, si désireux d'apprendre, avec ces yeux immenses des enfants africains si émouvants, que je me gardais de le gronder. Un matin, je lui dis seulement : "Tu devrais te réveiller un peu plus tôt pour venir en classe." Il a baissé la tête. J'ai ajouté : "Tu te lèves déjà très tôt ?" Il n'a pas répondu. "Quand te lèves-tu le matin ?" Il a murmuré : "Avant le matin." Il courait près de cinq heures aller, cinq heures retour, pour venir jusqu'à ce modeste chef-lieu de canton où je faisais la classe et tenais le dispensaire. "Je vais te loger ici, ce sera moins fatigant, préviens tes parents." Il est resté silencieux. "Ce n'est pas possible ?" Il a fait signe que ce n'était pas possible. Il a fini par m'expliquer qu'il fallait qu'il soit aussi dans son village parce qu'il gagnait la vie de toute sa famille, une bonne dizaine de personnes. Comment ? Il avait été très jeune à l'école coranique et avait une belle écriture. Sur une ardoise, il écrivait à la craie quelques mots du Coran. Avec une éponge humide, il les effaçait. Puis il pressait l'éponge humide dans un bol. Les malades, les femmes qui voulaient un fils, les filles qui désiraient un mari, ceux qui attendaient un parent, ceux qui n'avaient pas de nouvelles d'un ami, lui faisaient écrire les mots sacrés, presser les mots sacrés dans le bol, et buvaient les mots sacrés. »

Plus personne dans la salle de l'hôtel Wartburg ne pense à trouver le temps long ou maussade.

« Pasteur, dit l'un de nous, sans doute Décembre, je suis prêt à une lutte contre le démon. Passez l'encrier. »

Mais de nouveau un silence.

« J'ai une autre histoire de revenants, dis-je, juste pour relancer notre ami Avril. Douze amis en vacances décident de jouer les fantômes pour faire peur à un voisin. Ils se couvrent de longs draps dans lesquels ils ont percé deux trous pour les yeux. Au moment de sortir, ils se comptent. Ils sont treize. La peur. Ils décident d'enlever les draps. Ils se recomptent, ils sont douze. Bon. Tout va bien. Ils se déguisent de nouveau, se recomptent soigneusement. Ils sont treize. Panique. »

Je me fais quasiment huer.

« Blâme pour Octobre, dit Août. La parole est à Avril, et Avril seul. »

Elle est interrompue par un sous-maître d'hôtel rogue qui s'étonne que la salle ne soit pas encore libérée. Il faut la libérer. Août lui répond :

« *Es ist Viertel nach zwölf. Wir haben noch eine Stunde. Raus.* »

Elle parle bien l'allemand, Août l'agrégée, elle a le ton. Mais le subordonné a du métier. Il répond :

« Une salle, ça se prépare. *Nur eine halbe Stunde.*

— Pasteur Avril, vous avez la parole, dit Août. Nous n'avons plus qu'une demi-heure. »

Tout va mal.

« L'histoire de notre ami Octobre est excellente, affirme Avril, et ne méritait pas ces réactions. Quand des hommes se rassemblent en église, Dieu est parmi eux. Quand des hommes se rassemblent sans Dieu, le diable est parmi eux. Le diable est toujours dans les calculs, les comptes, les chiffres.

— Je ne proteste pas, dit Juin, notre scientifique. Rien que le mot *hypothèse*, qui permet les plus folles constructions de l'esprit, sent le soufre.

— C'est d'ailleurs parce que le diable est trop calculateur qu'il est possible de le rouler. La littérature populaire du monde entier est pleine d'histoires de démons à qui on livre un âne à la place d'une âme ou le dessous du champ au lieu de la récolte. Trop calculateur et trop pressé.

— Voyez, Avril, comme notre conversation, grâce à vous, est intéressante. »

Mais Avril, sur le rachat des âmes et les blés moissonnés, paraît encore soucieux :

« Faut-il accepter, pour battre le Malin, d'utiliser les armes du Malin ?

— Pendant la dernière guerre, dit Janvier, les Anglais avaient décidé que, plutôt que les usines et les objectifs militaires, il valait mieux bombarder systématiquement les quartiers ouvriers des grandes villes allemandes. Pour mieux désorganiser la production industrielle du IIIᵉ Reich et casser sa puissance. Les armes du diable contre le diable.

— Une fois, dit le pasteur Avril, méditatif, j'ai triché. Pour sauver des hommes, des femmes, des enfants innocents, près d'une centaine peut-être, oui, j'ai triché. »

Un long silence encore. Mais Avril va raconter. Il ne reste pas même vingt minutes.

« Je dirigeais un poste de mission dans un pays qui ne connaissait ni routes, ni champs, ni limites : l'immense zone inondée du Bahr el-Ghazal sur la rive gauche du Nil à la hauteur de l'équateur. Les habitants, minces et doux, étaient nombreux à entendre la parole de Dieu. Les tribus musulmanes du Nord, qui avaient toujours considéré le sud du Soudan comme un simple réservoir d'esclaves, venaient périodiquement les piller, les massacrer, les enlever, avec le soutien des autorités de Khartoum. Et les convertir de force à l'islam. Parfois, les chefs musulmans offraient de libérer les enfants qu'ils avaient enlevés dans nos campements de roseaux contre rançon. Fallait-il payer, payer au diable son tribut ? ou se défendre ? Mais je n'avais pas plus d'armes que d'or, et tuer n'est pas dans mon ministère. Impuissants, pleurant de rage pour les uns, de désespoir pour les autres, nous voyions les convois de très jeunes filles et de petits garçons ligotés par de longues cordes prendre vers le nord la route de l'esclavage.

« Un jour, un chef de bande nouveau s'est abattu sur ma mission au bord du fleuve. C'était un colosse très noir qui venait de se convertir lui-même à l'islam et entendait tirer au mieux profit de sa nouvelle puissance. Il encercle le village, tue deux ou trois hommes pour assurer sa crédibilité, dirait-on aujourd'hui, puis fait rassembler par ses cavaliers tous les enfants et annonce qu'il les emmène vers le nord où ils auront le choix : devenir musulmans ou esclaves. Je vois encore sous ce ciel immense, si loin, si haut, si chargé de nuages, tous les habitants écrasés de douleur qui me regardaient, muets mais les larmes aux yeux. Toi, l'homme de Dieu, fais quelque chose... Et les regards des enfants eux-mêmes, qu'on entravait comme des bêtes... J'ai dit au chef de ces brigands : "Dieu n'est pas avec toi. Dieu est avec ces enfants.

— Et pourquoi Dieu ne serait pas avec moi ? Je tiens le sabre et le fusil. Vois dans ma main ma canne de chef. C'est moi qui commande.

— Dieu n'est pas avec toi."

« Et je me suis souvenu que la plus ancienne des traditions judiciaires, dans toutes nos histoires et nos civilisations, y compris en Europe, est l'ordalie ou le jugement de Dieu. Recours au hasard, à la force. Au miracle. Quand il n'y a aucune preuve, qu'il s'agit seulement de la parole d'un homme contre un autre, et surtout d'un riche contre un pauvre, d'un puissant contre un faible, pour les départager il n'y a que le combat, le duel, ou l'épreuve par le feu ou l'eau. Celui qui tient bon contre la douleur ou la mort, c'est celui qui dit la vérité et que Dieu soutient. Je pense que lui aussi, cette brute noire, il a dans sa tradition l'ordalie. Qu'il a connue enfant, et peut-être pratiquée adulte. "Je veux un jugement de Dieu", dis-je d'une voix très claire, très ferme. Et je sens derrière moi tout ce village terrorisé à croupetons dans la boue qui se relève un peu et vaguement espère. Le chef des pillards musulmans est un colosse au gros nez, les pommettes taillées de scarifications rituelles. L'islam ne les efface pas. Il est bardé de cartouchières de kalachnikov. Il prend l'air rusé. "Un jugement de Dieu ? Je ne crains pas Dieu. Dieu est avec moi."

« Je demande à un de mes catéchumènes locaux : "Comment fait-on ici le jugement de Dieu ?" Ce jeune homme si bon, si pieux, que j'ai converti il y a quelques mois, devient gris de peur. Peur pour lui ? Non. Pour tout le village. Pour Dieu. Il dit, sans oser me regarder en face : "Il faut deux champions. Un enfant pour les enfants enlevés. Le chef pour ceux qui enlèvent les enfants. Tous les deux entrent dans le fleuve et mettent la tête sous l'eau. Le premier qui sort la tête de l'eau a perdu et tous ceux qui étaient avec lui ont perdu. Dieu n'était pas de leur côté. Celui qui garde le plus longtemps la tête sous l'eau et survit a gagné : Dieu était avec lui." Il se tait, désespéré.

« Le chef ordonne à un gosse : "Va te mettre dans l'eau et la tête bien sous l'eau. — Et toi ? je demande. Tu dois aller aussi dans le fleuve. — Moi aussi, mais moi je suis le chef. Mon bâton de commandement, c'est moi." Il rit et on voit ses dents jaunes. "Je le mets dans l'eau. Tu vois, toute ma canne dans l'eau. C'est comme si c'était moi. Et maintenant, j'attends." »

Avril se tait un moment.

« Jamais je n'ai osé raconter cette histoire. Elle est si... (il ne trouve pas les mots). Et il faut qu'ici, à la Wartburg, les souvenirs remontent... Comme souvent au bord du fleuve, des aigles planaient très haut. Des villageois m'avaient donné un petit poulet de deux sous, pattes liées, que j'avais encore dans ma poche. J'ai sorti discrètement le poulet et je l'ai laissé tomber à côté du chef. Au-dessus de nous, très haut, l'un des aigles a vu le poulet et a piqué droit, droit sur le chef au gros nez et aux cartouchières de kalachnikov. Et d'un geste, un réflexe, il a sorti son bâton de l'eau et l'a levé pour écarter l'aigle qui piquait sur lui. Mon Dieu... La foule a crié de joie, hurlé, pleuré, crié encore. Dieu avait parlé. On se précipite sur l'enfant pour le sortir du fleuve. Il respirait encore. Le chef avait perdu, il avait sorti son bâton de commandant de l'eau, sa canne de chef, le village était sauvé. Ce pillard pouvait jurer qu'il reviendrait tuer tout le monde, cette fois-ci il devait partir. Merci, mon Dieu. Un petit poulet de deux sous aux pattes liées...

— Ah, dit Août, émue comme nous tous. Ce n'était pas un mensonge. Vous avez un peu aidé Dieu, c'est tout.

— On n'aide pas Dieu. C'était un manque de foi caractérisé. Mais il faut dire pour ma défense que parfois on ne commande pas à tous ses gestes. Quel est l'homme qui pourrait être sûr de ne jamais lancer un encrier contre un mur ? La tache d'encre... »

Un brouhaha extérieur couvre nos propos. Des témoins du marié, des agents municipaux, du personnel de l'hôtel entrent et sortent. Le cortège de la noce arrive. Une fanfare l'accueille, cuivres et fifres. Je crains *Poète et Paysan* de Franz von Suppé, morceau préféré des kiosques publics. La pluie a repris très fort et fait vibrer les vitres. Appels, ordres, bravos. Bruits de vestiaire.

« Qui a pu penser que le pasteur Avril n'avait pas d'histoire exemplaire et vraie à raconter ? » dit l'un de nous.

Avril est dans ses souvenirs. Il reprend, plutôt pour lui seul :

« Parfois, le prix à payer est plus cher qu'un poulet. Le démon a faim. Une fois, encore en Afrique, pour sauver un homme, j'ai payé. Et le prix, c'était un homme. » Avril a baissé la voix. On l'entend à peine : « Il y avait, comme souvent, un conflit ethnique, mais pas seulement. Dans l'ouest du pays, une population intelligente, évoluée comme on disait, douée pour le commerce, aux membres très solidaires et en grande majorité chrétienne. Elle était, naturellement, entourée de jalousies. Peu importe les étiquettes politiques : elle était contre le pouvoir central, qui n'était pas son pouvoir. L'animosité se transforma vite en fronde. Les interrogatoires violents, les brimades administratives, les ratissages militaires en firent une guérilla. Vous connaissez la forêt, la grande forêt à trois étages d'arbres, où, à midi, en pleine journée, vous êtes dans la pénombre ? Où vous ne sentez la piste invisible sous vos pas que si vous êtes pieds nus ? Et là où des hommes sont passés le mur de la forêt s'ouvre si vous avancez ? Personne ne peut gagner la guerre en forêt. Elle durait depuis des années. Jusqu'au jour où un administrateur français qui connaissait bien le pays a renoncé à capturer le chef des rebelles en lui tendant des embuscades ou en lançant des colonnes à sa poursuite. Chaque fois prévenu, il s'échappait. Alors, il a cherché non pas le chef, mais les fétiches du chef. Il a payé. Quand il les a trouvés, il les a déterrés et exposés publiquement. À l'embuscade suivante, le chef n'a pas été prévenu et il a été tué. La rébellion s'est arrêtée. Ceux qui la soutenaient ont été dénoncés. »

Comme c'était étrange, dans cet hôtel pseudo-gothique de la Wartburg, au cœur de l'Allemagne, entre les claquements de portes et les appels des serveurs de la noce, cet homme d'Église qui, à voix basse, racontait l'Afrique de la grande forêt... Décembre, le plus vigoureux d'entre nous, s'était levé pour empêcher qu'on entre dans la salle. Pour que le pasteur Avril puisse continuer à raconter. Déjà on l'entendait à peine.

« Parmi les suspects, un chef local qui était à la tête d'un réseau de soutien et un évêque protestant. Ils sont condamnés à mort. Les sympathies de l'évêque étaient claires. Avait-il vraiment comploté contre l'État ? Je n'en sais rien. Mais les chancelleries étrangères se mobilisent pour le sauver. Son cas est évoqué à Strasbourg au Parlement européen, qui décide à une forte majorité de suspendre l'aide si la condamnation est exécutée. Je tutoyais le chef d'État. Cela s'est su. On m'a demandé de tenter une dernière démarche là où toutes celles des ambassadeurs s'étaient heurtées à un refus catégorique : "Vous mettez en cause la justice nationale ! Vous vous croyez encore à l'époque colonialiste ?" Et les ambassadeurs quittaient le palais présidentiel la mine basse.

« J'ai été voir le Président. Avant que j'aie pu ouvrir la bouche, il m'a dit : "Ne me parle pas de l'évêque." Je lui ai répondu : "Je viens te parler de toi. Si tu fusilles un évêque, tu auras des ennuis. Pourquoi ? C'est comme ça. Je ne connais rien à la magie, je n'y crois pas, mais c'est comme ça. Tu as entendu parler de Bismarck, le plus grand homme d'État allemand ? Il a tout réussi dans sa vie, sauf quand il a attaqué l'Église catholique. Et je ne suis pas catholique, tu le sais. Alors, ton évêque, je me fiche de savoir s'il est innocent ou pas. Je te préviens en ami, c'est tout."

« En m'écoutant, le chef d'État était gris, cendré. Moi, je n'étais pas fier de moi. Pourquoi avais-je accepté cette mission ? Le Président n'a pas dit un mot. Je n'ai pas dit un mot. J'ai quitté le palais décoré de défenses d'éléphants, qui était

l'ancien palais du gouverneur. Le lendemain, alors
que j'allais rentrer en Europe, persuadé que j'avais
échoué, j'ai reçu un message de la présidence :
"Avant de prendre l'avion, va donc faire un tour
dans tel chef-lieu de département. Il y a une église
de style local très intéressante." J'y vais. Réception par les notables. Dîner officiel. On m'invite à
passer la nuit. La route est si mauvaise. J'accepte.
Le lendemain matin, je me lève très tôt pour
retourner dans la capitale. C'est l'heure où le
soleil n'a pas encore apparu, mais une lueur
éclaire la lisière de la forêt et les tourterelles rou-
coulent déjà. Au moment où je vais monter en voiture, j'entends dans la caserne à côté de ma
résidence une salve. C'est l'autre condamné, celui
qui n'était pas évêque, qui vient d'être fusillé.
L'évêque était gracié. »

   La porte cède sous l'assaut des serveurs, des
musiciens, des invités. On n'entend plus Avril. La
fin de son histoire se perd. On devine seulement :

   « Puisque j'avais sauvé l'un, il fallait bien que
j'assume la mort de l'autre. L'Afrique ? La
logique, plutôt. Le diable aime les comptes
exacts... Seul Dieu a droit à l'erreur. Cela s'appelle la grâce. On m'a remercié et félicité en
Europe. Et moi, je me réveille encore avec horreur
la nuit. »

   La salle est envahie.

   « La séance est levée », crie Août.

   On se salue rapidement. Le pasteur Avril s'ex-
cuse encore : quelle excursion ratée. Le
Rennsteig... Mais non, mais non. Merci. C'était
merveilleux. Si original. Si passionnant. Les ser-

veurs passent avec les plateaux en nous bouscu-
lant. Nous fuyons vers le Gasthaus où nous
reprenons nos bagages dans l'antichambre. On se
salue de nouveau, on s'embrasse. L'un cherche sa
brosse à dents, l'autre prend rendez-vous, l'autre
paie sa note de bar. Avril est assis dans l'entrée,
raide, seul. Il attend quoi ? Le mot attendre n'a
pas de sens quand on a foi en l'éternité.

Dans la porte à tambour, j'entends Août qui a
accroché Mai par le bras et lui dit :

« Julius, pour ton récit le mois prochain, tu nous
le fais bien sec, raide, militaire. Style armée
anglaise et règles du général Gubbins non révi-
sées. Il y a un peu trop de sentiment dans l'air. »

❧

Le hasard a fait qu'en prenant nos bagages nous
nous sommes retouvés, Juillet et moi. Il dit en
passant :

« Qui aurait cru que notre pasteur avait ce côté
baroque ? »

Et nous voilà partis tous les deux dans une
conversation à la gloire d'Avril et de l'art baroque
trop décrié ou ignoré en France. De fil en aiguille,
je lui offre une place dans ma voiture, nous nous
relaierons au volant, jusqu'à Paris. Nous passerons
par Würzburg et Bamberg. Nous admirerons les
frontons des églises, les façades des résidences des
princes évêques, nous boirons dans les caves enfu-
mées historiques des hôtels de ville, nous saluerons les paysages de la vallée du Main au gré de
la route et de la vie qui passe. Comme des jeunes

gens en vacances. « Il allait là où le conduisait son cheval : c'était sa conception de l'aventure », a écrit Cervantès de son Don Quichotte. Février, à la recherche d'un car dont ce n'est ni le jour ni l'heure, fait du stop. Nous le prenons. Il est un peu collant, certes. Mais il est si cultivé. C'est lui qui fera le guide. Même le soleil, qui se lève, sera de la partie. Il est temps de faire claquer nos fouets.

On s'en souviendra, de cette séance ratée du Cercle des douze Mois ! Mais vive les vacances. Entre garçons. Nous descendons dans de bons hôtels, classiques, sans bruit. Nous dînons après avoir commenté soigneusement la carte. Rôti à l'aigre et, comme boisson, le velours d'un *blauer Spätburgunder*. Je découvre mes deux compagnons. Juillet est beaucoup moins léger qu'il ne paraît. Il porte une vraie blessure, qui est un doute : est-il le fils de son père le héros ? Quant à Février, il est plus maladroit qu'intrigant. En l'imaginant en train de manier des cocktails Molotov, on est vraiment inquiet pour lui. Ce n'est pas notre réunion d'avril qui m'y fait penser, mais je me demande si tous les membres du Cercle des douze Mois n'ont pas une faiblesse en commun : le sentiment d'avoir raté quelque chose. Ce qui est d'ailleurs un sentiment tout à fait juvénile.

Je pense à Août. Je ne suis pas le seul.

« Une femme au milieu de onze hommes, ce n'est pas possible, dit l'un de nous.

— Oui, répond l'autre. Il fallait vraiment que Dieu le père ait eu la tête ailleurs en créant une Ève. Le minimum de prudence eût été deux. Quand l'une aurait dit qu'il fallait manger la pomme, l'autre aurait dit le contraire. Nous ne serions pas là où nous en sommes. »

Et nous voilà, comme des gamins, à rire de nos pochades. Je ne sais plus si je ris. Je pense à Août.

Les heures passent, les kilomètres se déroulent entre les vignes, les cathédrales succèdent aux palais. Je ne pense plus à rien. Comment était donc ce merveilleux plafond de Tiepolo ?

L'un de nous dit : « Pour notre prochaine élection, il faudrait peut-être élire une seconde femme. »

5

MAI

Le chat rayé

« Madame, messieurs, c'est votre commandant de bord, Alex Spitakis, qui vous parle. À bord de ce Falcon 2000 immatriculé Tango Alpha Delta Kilo Zoulou, nous allons commencer notre descente vers Malte. Vous êtes priés d'attacher votre ceinture. Sous peu, nous serons à 1 500 pieds d'altitude et pourrons jouir de la plus belle vue. À gauche de l'appareil, l'île de Gozo réputée pour son charme rural et ses plages de rêve. Les Japonais ont voulu construire un pont entre Gozo et Malte, mais, Dieu merci, ils étaient trop chers. Il n'y a pas non plus d'aérodrome à Gozo. Ayant été plusieurs fois dans l'histoire intégralement emmenée en esclavage par les Arabes et les Turcs, la population continue à se méfier des moyens de transport. Devant nous, légèrement à gauche de l'avion, la capitale, sa cathédrale et sa citadelle, autrefois appelée Rabat et plus récemment Victoria, comme la reine — vous êtes priés d'apprécier la beauté du site et la qualité de la pierre. Nous survolons maintenant le plus ancien et le plus vaste temple mégalithique du monde, Ggantija, près de 4 000 ans avant Jésus-Christ, construit en blocs de plusieurs tonnes par des géants inconnus pour un peuple inconnu qui peignait les murs à l'ocre rouge et y dessinait des spirales symboles de sagesse et d'éternité. Ce commentaire est de sir Julius lui-même, qui a toujours cru à l'existence des géants dont parle l'Ancien Testament. Et maintenant, avec l'accord de Mme la présidente et sur la recommandation expresse de sir Julius, l'avion va faire un tour pour que les passagers assis à droite puissent aussi bien voir que ceux assis à gauche. »

Sir Julius ! Il n'avait pas fini de m'épater, celui-là, l'ancien tueur du groupe Stern, depuis le temps où je l'avais connu à Tanger avec divers demi-solde des maquis et truands corses de la grande époque, qui cherchaient à poursuivre l'aventure dans le trafic des blondes à travers la Méditerranée. Un des soupirants les plus passionnés d'Août, même si ses goûts ne le portaient pas vers le sexe féminin. Bon, nous l'avions élu. On peut dire qu'il faisait bien les choses, le camarade Mai. Convocation sur bristol glacé au Bourget. Jet privé tout cuir et acier. Champagne : Dom Pérignon (vintage 1980) pour accompagner le décollage, caviar (Beluga, le plus rare) pour ouvrir l'appétit, et le steward, et l'hôtesse de bord : Si Mme la présidente veut bien... Si Mme la présidente n'a pas d'objection... Et Août, ravie, qui secouait ses cheveux de plaisir et dont les yeux bleus riaient. Quel homme résiste aux honneurs publics ? Mais quelle femme est insensible à ce genre d'attentions personnelles que seul peut offrir le très grand luxe ?

Après l'équipée ratée de la Wartburg en avril, Mai avait tenu à montrer ses qualités d'organisateur. Je me souvenais aussi de lui comme chef de club de vacances, GO, avant qu'il ne soit vidé à cause de son incorrigible propension à inventer des événements dramatiques « pour donner des souvenirs aux touristes ». « Le buffet géant du petit déj et les rencontres salaces du soir, soit. Mais le peuple veut plus : il a besoin de souvenirs héroïques. Les seuls bons souvenirs sont ceux qu'on fabrique. Je lui en fabrique. » Un mort, cinq blessés. Et aujourd'hui, sir Julius !

Le commandant de bord continuait à détailler le paysage : le *blue lagoon* cher aux baigneurs, la petite île de Comino offerte par le gouvernement maltais à l'ordre souverain des chevaliers de Saint-Jean-de-l'Hospital, mais refusé par l'Ordre qui préférait les conforts et les élégances de Rome.

« Maintenant, sous l'aile gauche, Mdina, l'ancienne et si belle capitale de Malte qu'on appelle la cité du silence. Derrière ses hautes murailles, rien que des maisons nobles. D'ailleurs, madame, messieurs, comme aime le souligner sir Julius lui-même, à Malte tout est noble, même la réparation de navires et la banque *off-shore*. Je passe sur plusieurs autres temples néolithiques, tout aussi mystérieux, quelques cathédrales, des plages de sable avec grotte d'azur. Tango Alpha Delta : altitude 600 pieds. Vent modéré NNW, température 26 degrés QBM. 765... Devant nous, l'illustre cité de La Valette l'indomptable, ses rades, ses forts, ses églises, les grues des docks dressées comme des clochers, les châteaux arrière des porte-conteneurs comme des palais. Les toits innombrables dans toute la gloire du soleil couchant. Sir Julius

a choisi cette heure d'atterrissage juste au soleil
couchant parce qu'il sait que Mme la présidente
aime beaucoup le soleil couchant. »

D'accord : faire sa cour avec un jet privé
dépasse mes moyens.

Trois Rolls gris argent nous attendaient à l'aéroport de Luqa. Janvier consentit à partager la sienne
avec Août, Juillet et moi, jusqu'au grand port et
au yacht de Mai, longue fusée grise interstellaire
à quatre ponts qui en barrait quasiment l'accès.
Ascenseur interne. À l'accueil, Mai, en blazer bleu
marine, boutons à ancre dorés, chemise blanche,
foulard de soie. Il l'avait loué, le yacht ? Et l'équipage ? Et l'avion ? Et le décor grandiose de Malte
au crépuscule ? Et le crépuscule aussi ? Est-ce
qu'on peut louer l'histoire et la géographie ?

« Très chère Août, dit-il, cette île est à vos
pieds. »

Et le rescapé des camps de la mort, crâne rasé,
se cassant en deux à la prussienne, lui baise le
bout des doigts. Il sait parler aux dames, le bougre.

Nous l'écoutons, le souffle coupé, la bouche
arrondie, le sourcil levé. Le bon ton, britannique,
celui du Cercle des douze Mois, règles du général
Gubbins, interdit de poser des questions personnelles. Le récit que nous attendons ce soir, c'est
celui du triomphe de Mai. « Sec, raide, militaire,
avait recommandé Août en quittant la Wartburg.
Il y a un peu trop de sentiment dans l'air. »

L'équipage du yacht blanc, grande tenue et galons dorés, était au garde-à-vous et saluait militairement sir Julius en attendant ses ordres.

« Chacun d'entre vous a sa cabine, dit Mai, pour se rafraîchir après l'avion et se changer pour le dîner. Vous pardonnerez ce détail de protocole. Nous sommes à Malte, certes, mais un vendredi soir, on s'habille. Nous reviendrons tous à bord pour la nuit, aucun hôtel ne me paraissant convenir à la qualité de notre Cercle. D'ailleurs, ils sont tous occupés par des congrès de pharmaciens et des tour-opérateurs du quatrième âge. Rendez-vous, dans le grand carré, dans une heure. Les voitures nous reprendront pour nous emmener dîner. Au menu : récit. » Et il se casse de nouveau en deux à la prussienne.

Je passe la description des cabines à la décoration cuir et acier très à la mode, comme le jet privé (les architectes d'intérieur ne sont pas fous : la mode étant ce qui se démode, ils ne perdent jamais longtemps leurs clients). La nouvelle surprise est sur le lit : un smoking complet, chemise à plis, col cassé, cravate nouée, veste, pantalon, chaussettes de soie. Même les chaussures !

Sacré Julius. Les services secrets ont toujours eu un département habillement de qualité, avec mensurations exactes, tour de cou et entrejambe des amis, relations et adversaires. J'essaye la veste. Parfait. Et je chantonne sous la douche. Mes relations avec Août ont repris sur un mode sans doute moins passionné, mais très tendre — *affettuoso cantabile*.

Nous nous retrouvons donc dans le grand salon

tout en baies vitrées. Entre les baies, une extraordinaire collection de portraits en pied de pirates
célèbres du monde en noir et blanc, gravures
anciennes agrandies à gros points : Roberts, Bonnet, Amery, capitaine Kid, les deux femmes Mary
Red et Ann Bonny. Une Chinoise à frange noire
et veste de soie brodée qui aida la CIA à la fin de
la guerre contre le Japon et qu'on appelait « lady
Two-Guns ». Le Français Jean Nicolas Lafitte qui
sauva La Nouvelle-Orléans au début du XIXe siècle
et finança Karl Marx en 1848. Le calaisien La
Buse qui, avant d'être pendu à l'île de la Réunion,
lança dans la foule le plan codé indiquant où était
caché son fabuleux trésor en criant : « À celui qui
saura le déchiffrer ! » Et, bien sûr, le plus fameux
de tous, Barbe-Noire, qui disait : « Nous sommes
deux seulement à savoir où est caché mon trésor,
le diable et moi. Il appartiendra à celui de nous
deux qui survivra à l'autre. » Julius a-t-il fait un
pacte avec le diable ? Il nous le racontera sûrement. Il a toujours eu le faible d'étaler ses relations avec les puissants de ce monde.

En attendant, l'entrée des membres du Cercle
évoque un bal masqué : chacun s'exclame en
voyant la tenue de soirée du dernier arrivant. Pour
la première fois de sa vie sans doute, Janvier,
l'éternel boudiné, est habillé avec une élégance
nonchalante qui sied à son obésité. Juillet, parfait,
porte une fleur à la boutonnière et a l'air de sortir
du Jockey-Club. Novembre, toujours frigorifié, a
eu droit à un smoking en cachemire plus chaud
que les autres et à une grande écharpe de soie
blanche pour se protéger des courants d'air. Juin

est strict, mathématique. Le commissaire divisionnaire Septembre est le moins réussi : il a l'air d'un
flic qui s'est mis en smoking pour assister — en
service — à une soirée mondaine. Le pasteur Avril
a eu droit à un costume anglais fil-à-fil gris impeccable, avec col clergyman. Le seul problème, ce
sont les pieds. Il a gardé ses godillots d'excursion
en moyenne montagne. La vedette, bien sûr, c'est
Août. Elle porte une robe noire époustouflante,
avec un nœud immense sur une épaule, un nœud
immense à l'autre hanche. Tout cela tient on ne
sait par quelle magie et est en soie, en faille, en
taffetas, je n'y connais rien, mais fait à l'oreille
un bruit délicieux. L'un des pouvoirs auquel les
femmes seraient bien folles de renoncer est de surprendre. Les hommes eux ne savent que « courir
après » : l'argent, la gloire, les femmes. On l'applaudit.

Dans la Rolls où nous nous serrons à trois, Août
est assise entre Janvier et moi. Son père la regarde
avec émotion. Il lui prend la main. Et il dit ce mot
d'amour de jeune homme que je croyais étranger
à son vocabulaire : « Heureuse ? » Elle bouge un
peu la main, ce qui fait tinter ses bracelets, pour
répondre avec une petite moue :

« Tu sais, le Cercle des douze Mois... Les garçons... Mais il y a Octobre. »

Nous traversons La Valette doucement. À neuf
heures du soir, tout est fermé. Seul un grand air
d'architecture monte encore de la ville, palais,
églises, fortifications. À l'entrée de la cité, un bastion illuminé de quarante mètres de haut, tout en
arêtes : le Cavalier de Saint-Jean. C'est là où les

Rolls nous déposent, à la résidence officielle de l'ambassadeur de l'ordre des Chevaliers, très exactement ordre souverain militaire et hospitalier de Saint-Jean-de-l'Hospital de Jérusalem, de Rhodes et de Malte. Sacré sir Julius.

Murs grandioses. Voûtes immenses. Salle de réfectoire construite après le siège historique contre les Turcs pour coucher et nourrir deux cent cinquante hommes d'armes. Table d'apparat. Nappes brodées. Candélabres d'argent anglais George III. Couverts d'argent anglais Regency. Cristaux. Maîtres d'hôtel. Julius nous place lui-même. Il a au cou la cravate du mérite de l'ordre de Malte. Au haut bout, Août resplendissante. Elle dit :

« La parole est à notre camarade Mai. Puis-je — c'est un défaut féminin reconnu depuis Barbe-Bleue — ne pas résister à la curiosité et lui demander tout de suite, conformément aux règles du Cercle, de nous expliquer le choix du lieu ? Merci.

— Chère Août et présidente, avec plaisir. Octobre m'a connu, comme d'autres, dans la bande de Tanger d'après-guerre après une courte carrière d'assassin à gages pour la cause sioniste. Puis, dans le tourisme de masse, j'ai eu quelques problèmes avec mes employeurs. Jusqu'au jour où j'ai décidé de m'installer à mon propre compte. L'imagination au pouvoir est un plaisir solitaire. Mais, chère Août et présidente, comme vous me l'avez conseillé, je garde ce récit — on dit en fran-çais picaresque ? — pour ma contribution du mois. Sachez seulement que ce lieu, spectaculaire résidence de l'ambassadeur et plus beau bastion du plus bel ensemble fortifié du monde, m'a été prêté pour services rendus exceptionnels alors que je ne suis pas membre de l'Ordre, qui est réservé aux catholiques et ouvert aux orthodoxes, et je ne suis ni l'un ni l'autre. Quant à mes quartiers de noblesse, ils sont nuls, sinon négatifs. Mon père était un petit cabaretier juif vendeur de chevaux du fond de la Ruthénie, pays perdu coincé entre Pologne, Slovaquie, Hongrie et Ukraine, qu'on appelle aussi Russie subcarpatique depuis l'an-nexion décidée par Staline pour permettre aux blindés de l'Armée rouge un accès direct à la grande plaine du centre de l'Europe. Dans les notabilités relatives, j'ai certes eu un oncle rabbin local, mais cela a failli plutôt me coûter la vie que m'attirer les honneurs. L'homme qui se faisait appeler Maxwell, et qui a régné un temps sur les médias de Londres et de Paris, était du village voi-sin. On se volait nos billes.

« Mon titre de *sir*, en revanche, est tout à fait authentique et certifié : je l'ai acheté il y a six ans dans une officine spécialisée de Londres en devenant propriétaire d'un garage de la banlieue de Shrewsbury (Shropshire) qui avait été, preuve cadastrale à l'appui, le siège d'une ancienne sei-gneurie de la frontière galloise. Les affaires de cette firme en noblesse négociée marchent très bien. Il en existe aussi plusieurs en Allemagne. Mais je préfère *sir* à *Freiherr*. Avec *sir*, on n'utilise que le prénom. C'est charmant. Ce que je porte au cou, plus pour la beauté du bijou que par vanité, est non pas l'ordre de Malte, mais la croix du mérite de l'ordre de Malte, décernée précisément à ceux qui ne sont pas membres de l'Ordre. »

Et Julius salue de la tête, du cou et du buste. Il n'est pas né, celui qui le prendra à contre-pied. Quand on a survécu, à seize ans, à la déportation et à la chambre à gaz parce que le SS commandant en second du camp a eu un coup de cœur pour les cheveux bouclés d'un gosse, et que ce gosse a dû ensuite pour survivre s'habiller en secrétaire féminine de la Wehrmacht, jupe grise, bas gris, on les appelait d'ailleurs les souris grises. Et pour survivre encore aux gardes nazis comme à la haine des autres déportés, se cacher dans un monceau de cadavres attendant la crémation. Et pour survivre toujours, traverser à pied l'Europe en guerre en marchant la nuit dans les forêts et en couchant le jour dans les ruines des villes bombardées, on sait — comment dire ? —, on sait se tenir dans le monde. La classe, Julius.

« Ah, j'oubliais, dit-il, de justifier le choix de Malte lui-même. Une ville superbe, un port très sûr. Et un grand lieu de l'histoire de la piraterie méditerranéenne. Certes, j'aurais pu faire la réception et le dîner au Royal Yacht Club. Je m'entends très bien avec l'actuel commodore. Mais je suis brouillé avec l'institution. Il y a quinze ans, j'ai mouillé ici sur une superbe goélette, et j'ai mis veste, chemise et cravate très digne bleu marine avec deux bandes discrètes, une rouge, une blanche, pour aller au Club prendre mon petit déjeuner. Le secrétaire exécutif m'a pratiquement mis à la porte en disant : "L'usage n'est pas ici, monsieur, de prendre un repas avec une cravate bariolée." J'ai acheté le Royal Yacht Club. Et depuis, j'y vais sans cravate. Il y a de grands affronts. Il n'y a que de petites vengeances.

« Pour la cuisine, oubliez Malte. Vous ne comptez quand même pas, dans une île dominée pendant cent cinquante ans par les Anglais, pouvoir manger quelque chose de décent, et après vingt et une heures trente ? Madame, messieurs, la reine. »

Et Julius leva sa coupe de champagne pour le toast réglementaire. Et tous ensemble, nous nous sommes levés pour le toast réglementaire en répétant en écho : « La reine. » Le génie de Julius est qu'il avait fait un discret signe à Août de rester assise. Ainsi cette cérémonie britannique rituelle pouvait paraître s'adresser, aussi bien qu'à Élisabeth II, à elle, notre présidente et reine.

Oui, quelle femme serait restée insensible ? Et pourtant, Août avait des instants d'absence ou au moins de distance qui se lisaient dans son regard. Ou encore dans un geste qui lui était familier : elle cherchait son image dans le miroir rouge sombre de ses ongles.

« Revenons à l'ordre du jour, dit-elle. Il convient de procéder à l'élection en remplacement de notre ami Mars qui n'a pu avoir lieu lors de notre dernière réunion. » Un temps. « J'ai reçu de plusieurs membres la candidature de Brigitte Chauvin-Gordot, spécialiste des archéologies égyptienne (période ptolémaïque) et khmer, membre de l'École française du Caire, membre de l'École française d'Extrême-Orient, membre du club des Explorateurs, membre... » Elle en rajoute un peu trop. Elle s'arrête et dit de la façon la plus détachée : « Il n'y a pas d'autre candidat. »

Juillet, Février et moi baissons le nez. Septembre et Novembre approuvent du menton. Janvier fronce les sourcils. Juin essuie ses lunettes. Le pasteur Avril, qui devient dur d'oreille, semble ne pas avoir entendu. Décembre, en mer, est absent. Juin abandonne ses lunettes et dit :

« Brigitte Chauvin-Gordot n'est pas seulement une éminente archéologue. Savez-vous qu'elle a découvert un temple cham du xɪᵉ siècle en reportant sur une carte du Viêt Nam les données hématologiques du Pr Bernard à propos d'une particularité génétique du peuple khmer ? Voilà ce que j'appelle de l'esprit encyclopédique. Et savez-vous qu'elle a été prise en otage par des pirates malais en mer de Chine et s'est échappée pendant un typhon en se jetant dans la Song Ba en crue ?

— Cela suffit, dit Août avec son plus charmant sourire. Les règles du général Gubbins interdisant les remarques personnelles s'appliquent aussi aux éloges. C'est clair ? Nous allons voter. »

Mais Julius, très blanc, se lève. Il croit à un complot contre Août. Ai-je dit qu'il a toujours le crâne rasé de près (sauf quand il se travestissait en Marlène Dietrich dans un bar louche d'Omdurman au Soudan) ?

« Quelle est cette comédie ? C'est moi, ici, qui reçois. Personne ne m'a prévenu d'une candidature féminine, cette Mme BCG, qui a un nom de vaccin et que chacun de vous a l'air de connaître.

Je demande la suspension de tout vote tant que je n'ai pas eu d'explications. Notre présidente Août était-elle au courant ?

— Oui, dit Août. J'aurais dû vous prévenir.

— Ah, murmure Julius. Et vous êtes d'accord ?

— Bien sûr, répond Août. Votons. »

Et moi, je pense seulement : Qu'elle est belle dans sa robe de taffetas noir à grands nœuds.

Le vote donne, sur dix votants, neuf voix pour et une abstention. Seul Julius a dû s'abstenir. Mme Brigitte Chauvin-Gordot est élue au premier tour. Sur les dix votants, deux avaient vu sa photo dans la presse, quatre avaient vaguement entendu parler d'elle et quatre auraient été bien incapables d'orthographier son nom. Ils ont tous voté pour elle parce qu'ils étaient contre la présence d'une seule femme membre : un risque pour la survie du Cercle. Janvier, ses amis, Août elle-même en étaient conscients. Ainsi se manifestait une fois de plus la loi qui m'est chère. Les questions à poser au suffrage universel pour être honnêtes doivent toujours être négatives : Qui ne voulez-vous pas comme président de la République française ? Sous cette forme, et sous cette forme seule, le peuple parle.

« Bon, dit Julius. Dans l'Histoire, ce sont les Romains qui se lavent les mains. Pas les juifs. Mais j'attends de voir votre Brigitte. Champagne. »

Et les voûtes admirables du Cavalier de Saint-Jean de l'ordre souverain de Malte renvoient l'écho des bouchons qui sautent et des cristaux qui tintent.

« Octobre vous a peut-être décrit le Tanger
d'après-guerre ? Tanger alors n'a pas l'image
d'une villégiature littéraire pour privilégiés de la
haute société. Son statut international subtil le met
à l'abri des lois. La pègre de toute l'Europe y
trouve refuge, dont pas mal de voyous marseillais
champions du non-lieu. Pas seulement la pègre.
Tous les demi-solde de l'aventure guerrière, les
rescapés de tous les risques, les commandos de
toutes les morts traînaient autour du Grand Socco
à la recherche de dollars — et pour certains,
encore plus que d'argent, de coups. De coups à
monter. À faire. À vivre. Septembre vous a
raconté le trafic des blondes, le Combinatie et ses
règlements de comptes ? Bon. Je me suis retrouvé
à Tanger après mon équipée de Londres au temps
de l'*Exodus* quand j'avais été chargé d'assassiner
à son banc de la Chambre des communes le
ministre des Affaires étrangères de Sa Gracieuse
Majesté. Ordre et contrordre. J'avais dû, déguisé
en femme de ménage, aller à six heures du matin
enlever la bombe que j'avais posée la veille au
soir. »

Sept couteaux se posent sur les verres. Sept
membres du Cercle connaissent déjà l'histoire.

« Dites, amis, s'étonne Julius, comment se fait-
il que l'essentiel de ma contribution aux événements de ce siècle ait déjà fait le tour de la table ?
Champagne.

« Il y avait aussi à Tanger quelques passionnés
de plongée. Là encore, rescapés des commandos
alliés du camarade Bob Maloubier ou des Italiens
du prince Borghèse, dit le Prince Noir, grand

maître du genre. Peu d'Allemands, ce n'était pas leur spécialité. On s'en passait. Dans les mêmes années en Corse, à Saint-Florent, se retrouvaient des sportifs eux aussi fanatiques de plongée sous-marine. L'un d'entre eux fit affaire avec un négociant en surplus de l'armée américaine disposant d'un stock de tentes militaire, pour lancer un nouveau tourisme à la rude, à l'écart des routes, des plages et des hôtels. On sait la suite. Il était fatal qu'entre plongeurs on se retrouve. Et qu'on ne parle pas seulement mérou à la veillée, mais aussi trésor.

« Parce que la mer, la mer profonde, est le plus grand, le plus riche, le plus mystérieux, le plus passionnant de tous les coffres-forts de la planète. Vous vous rendez compte de la liste des déposants ? Tous les corsaires, les flibustiers, les pirates, qui ont enterré depuis des siècles leur butin dans le sable des îles ou l'ont caché dans les quilles des navires perdus. Sur tous les océans du monde. Cela en fait, des succursales multiples. Et les trois-mâts qui portaient la paye des armées, le budget des colonies, la poudre d'or des chercheurs fous de Californie, du Klondyke et d'Australie ? Et les cargos bourrés de métaux précieux coulés par les sous-marins allemands, à récupérer, et les naufrages par gros temps, et les collisions dans la brume, et les disparitions par fortune de mer depuis les caravelles portugaises jusqu'aux navires d'aujourd'hui. Des émeraudes de l'Inde au molybdène du Chili, en passant par la porcelaine au bleu si profond de la Chine impériale... Braquer les banques et établissements de crédit ? Vulgaire.

Pour malfaiteur débutant à souliers bicolores et
feutre taupé. Je n'ai rien contre l'apprentissage.
Mais, chère présidente, chers compagnons, chers
Mois, est-ce que vous vous rendez compte de ce
coup : *casser la mer...* »

Sous la voûte en berceau du Cavalier de Saint-
Jean, les membres du Cercle des douze Mois, la
fourchette en l'air, rêvent avec Mai. Julius, comme
tout grand conteur, sait jouer du rythme, marquer
des pauses, changer de ton. Changement de ton :

« J'espère que vous appréciez les *fettucine alle
vongole e cosse* de notre ami italien Coco Pazzo.
Simple. Maintenant, un exercice un peu plus difficile : l'espadon à la maltaise. L'espadon est un
prédateur. Il faut le traiter en cuisine comme un
prédateur et lui laisser un goût sauvage, je dis bien
sauvage. Il va sans dire que le congélateur l'assas-
sine. »

Julius m'épate encore.

« Parce que tu es aussi gastronome !

— Non, Octobre. Seulement chasseur de grands
fonds. Nous sommes toujours en plongée. Sous la
tente des surplus militaires américains, en Corse
au bord du golfe de Saint-Florent, après notre
journée d'exploration sous-marine, avoir rangé le
matériel, dîné d'une grillade et de trois boîtes de
conserve, autour du feu nous rêvons. Devant nous,
sous la mer presque noire au coucher du soleil,
nous attendent les lingots fabuleux de ce qu'il est
convenu d'appeler *le trésor de Rommel.* »

« Qui ne connaît, de nom ou par le cinéma, "la mine du Hollandais", ou encore "le trésor de la Sierra Madre" ? Rien ne manque à l'histoire. La carte codée confiée sur un lit de mort, perdue, retrouvée, vendue ; mais est-ce la bonne ? Les disparitions inexpliquées, les assassinats impunis, les expéditions de secours massacrées, les trahisons répétées, les escroqueries successives... Et toujours la question : il existait vraiment, ce trésor maudit ? Ou a-t-il été déjà trouvé secrètement et récupéré ? Tous les trésors ont leur mystère et tous ils sont maudits. Du trésor des Templiers à celui de l'OAS — qu'on appelle aussi l'affaire Gorel, du nom du lieutenant-colonel intendant militaire retrouvé au fond du Vieux-Port de Marseille lesté de ciment. Mais les secrets de la terre ne vaudront jamais ceux de la mer. La mer, c'est noble.

« Qui refuserait d'être considéré comme un gangster ou un truand consentirait volontiers à être appelé pirate. L'ordre de Malte n'a d'ailleurs jamais fait la fine bouche sur la guerre de course, au sens large, qui contribuait à sa fortune. On ne fait pas manger ses pauvres et ses malades dans de la vaisselle d'argent sans se préoccuper au bilan de la colonne ressources. » Et, d'un geste très naturel, Mai vérifie l'exacte disposition de la croix de commandeur qui orne son col. « D'abord, la légende. L'Afrika Korps, sur l'ordre de Rommel, aurait rassemblé pendant la campagne d'Afrique du Nord un fabuleux trésor, lingots d'or et de platine, devises étrangères et objets d'art, pillés dans toutes les villes traversées. En 1943, un SS tchèque, un scaphandrier nommé Peter Fleig, aurait aidé à l'emballer dans six caisses blindées et à l'immerger, suite à un raid de l'aviation américaine, dans la baie de Saint-Florent selon les uns, sur la côte est près de Bastia selon les autres, par cinquante-cinq mètres de fond. La mafia locale aurait décidé que le trésor se trouvait dans ses eaux territoriales et lui appartenait. Elle ne serait pas étrangère à plusieurs échecs de récupération, et à quelques assassinats.

« Voilà, simplifié, le récit qu'on pouvait entendre à la terrasse des cafés de Tanger et de Bastia dans les belles années cinquante. Je vais citer maintenant Robert Stenuit lui-même, directement intéressé, puisque le contrat général qui va être signé lui garantira 7 % du trésor en tant que "chief diver". La vérité n'est pas moins belle que la légende.

« John Godley, troisième baron Kilbracken, gentleman-farmer, journaliste free-lance et globe-trotter, en 1951 passait ses vacances à Ajaccio. C'est là que la rumeur publique, par la voix d'un hôtelier bavard, lui apprit l'existence d'un "trésor de Rommel". Un magazine américain le charge d'une enquête-reportage de six semaines en Corse.

« L'histoire vraie commence dans le camp de concentration le plus tristement fameux, Dachau, qui servit de camp d'internement après la guerre. En 1947, le Feldwebel SS Walter K., vingt-cinq ans, se trouve interné au camp de Dachau, où les Américains ont rassemblé les prisonniers SS et certains criminels de guerre. K. lui-même n'est qu'un sous-ordre, un très petit. Il est donc autorisé à travailler hors du camp comme bûcheron pendant la journée. Il a fait la connaissance d'un autre criminel de guerre, de première grandeur celui-là, l'Obersturmbannführer SS Schmidt, collaborateur direct du Reichsführer SS Himmler, coupable notamment d'avoir organisé en Pologne des massacres de juifs. Schmidt doit être extradé et livré aux autorités polonaises par la police militaire américaine pour être jugé. Il sera sans aucun doute condamné à mort et exécuté.

« Alors il propose un marché à K. Les deux hommes se ressemblent vaguement. Même taille, même allure, même type de visage. Ainsi naît l'idée derrière les barbelés à l'ombre des miradors : un matin, Schmidt troquera discrètement ses frusques pour celles de K., quittera le camp, la cognée sur l'épaule, et fuira avec les papiers d'identité de l'autre. Qui dira qu'on les lui a volés, et ne risque rien de grave. En échange des documents qui doivent lui sauver la vie, Schmidt livre à K. les cartes de trois trésors nazis. Il avait été, en Afrique du Nord, l'un des membres actifs du SS Devisenschutzkommando, une unité motorisée dépendant directement et personnellement d'Himmler dont la seule mission était de piller systématiquement les banques, les musées, les bijouteries et les collections privées dans toutes les villes conquises.

« Rommel n'a rien à voir avec tout ça. Il était bien l'honnête soldat, que chacun a respecté. Mais c'est un nom de légende, et les trésors veulent de la légende. C'est pour Himmler et la SS seuls que les véhicules du Kommando se remplissent d'or : lingots, louis, napoléons, dollars. Bientôt, le poids du métal devient excessif et Schmidt se concentre sur les diamants et les pierres précieuses. Pendant les derniers mois de la débâcle allemande, toutes communications avec Himmler coupées, Schmidt, travaillant pour son propre compte, dissimule au moins trois trésors en trois endroits différents. Un en Autriche, un autre près de Viareggio en Italie, et le dernier enfin en mer au large de la Corse, en dehors des eaux territoriales. Vous ne trouvez pas que la réalité vaut largement la fiction ?

« L'Obersturmbannführer SS Schmidt montre donc à K. trois cartes précises annotées et commentées, dont K. prend copie. Or, quelques jours avant la date choisie pour son évasion, Schmidt est inopinément déplacé du camp de Dachau et probablement remis aux Polonais. K. l'a vendu ? Il ne s'en vantera pas. Il a gardé, bien sûr, la copie des trois cartes. Il pense qu'il est temps pour lui de sortir de prison. Et il décide d'échanger deux de ses trois secrets contre sa liberté. Il va trouver le capitaine Breitenbach, US Army... Oui, il existe. Tout a été vérifié. Il va donc trouver Breitenbach et lui donne deux cartes. Avec ces deux cartes et un résumé des explications de Schmidt, le capitaine Breitenbach monte dans sa jeep et gagne l'Autriche. Au-dessus de Salzbourg, dans une grange d'un petit village de montagne isolé, il trouve un camion enfoui sous la paille, rempli d'œuvres d'art et de toiles de maître. Le tout est remis aux autorités militaires, qui ont restitué depuis les œuvres à leurs propriétaires. Aussitôt après, il part pour Viareggio, d'où il gagne Massarossa. Le deuxième trésor nazi, en billets de banque cette fois, est caché dans une grotte. Tout au fond, il y a de grands trous dans le sol, fraîchement creusés. Dans son rapport de mission, il écrivit, je cite de mémoire : "Des traces indiscutables prouvaient que quelque chose y avait été caché et enlevé par la suite, probablement par les gens de la région."

« K. est aussitôt libéré officiellement. L'autorité occupante lui remet de nouveaux papiers d'état civil : un passeport tchèque au nom de Peter Fleig, le nom qu'il a gardé depuis, et une petite somme d'argent. L'ex-Feldwebel SS est devenu un autre homme. Il est libre. Il peut se refaire une vie. Avec la carte qui lui reste. Celle de la côte corse et du trésor de Rommel. Évalué à combien ? Un milliard de nos francs, dit Julius. Champagne.

« Au début des années soixante, lord Kilbracken a écrit, pour l'*American weekly*, un long article sur l'affaire. Cet article fut traduit et publié par un magazine allemand. Fleig le lit, contacte lord Kilbracken et, par son avocat, lui offre ses services. Le trésor est un rêve qui ne s'arrête jamais. Il n'était pas dans le Devisenschutzkommando. Il n'a pas lancé les six caisses blindées au fond de la mer. Il ne connaît que ce que Schmidt lui a raconté à Dachau. Mais il a la carte. Une carte pour une vie.

« En 1948, libéré, il est à Hambourg. Il prend des cours de plongée en scaphandre chez un pied-lourd local et rassemble une équipe de trois scaphandriers. Il leur fait signer un contrat. Tout est prévu, comme dans une chasse-partie de pirates : responsabilités, partage, secret. Il demande un visa

auprès du consul de France à Stuttgart. Ses trois
associés demanderont un visa séparément à trois
consulats différents, pour ne pas attirer l'attention,
dès que Fleig sera en France. Quand il revient
chercher son visa huit jours plus tard, le consul
l'interroge. Fleig est toujours citoyen d'un pays
ennemi. Motif du voyage ? Tourisme. Mais pourquoi en Corse justement ? Fleig finit par avouer
son projet. Il s'enquiert d'une concession officielle. L'instant d'après, il est arrêté par la police
militaire française. Prisonnier de guerre pour la
deuxième fois, il est emmené à Bastia sous garde
armée permanente. Le gouvernement français
décide de récupérer le trésor, pour lui, à son compte ! Un crédit d'un million est dégagé et l'administration des Ponts et Chaussées est chargée
d'organiser les travaux. Tout cela est officiel, avec
notes de service, etc. Les Ponts et Chaussées adju-
gent l'opération à l'entreprise Loenberg, récupéra-
tions et travaux sous-marins, de Bastia. Fleig est
à bord. Toujours prisonnier, toujours sous garde
armée. Quand il a réclamé un tiers du trésor pour
lui-même, on lui a ri au nez et on lui a offert
7 000 francs légers par semaine. Sans l'ombre
d'une garantie. Alors, il continue à mentir. Délibérément. Il plongera en scaphandre vingt-trois jours
d'affilée, à plusieurs milles de l'endroit où il sait
que se trouve le trésor. Puis il est incarcéré pour
un larcin qu'il n'a sans doute pas commis. Il est
libéré le 5 décembre et mis en liberté surveillée.
Il n'a ni papiers d'identité ni argent. Il doit se présenter deux fois par jour au commissariat. Est-ce
qu'on pense qu'il va cette fois conduire au trésor ?

En prison, Fleig s'est acoquiné avec un scaphandrier corse, André Mattei, dont la famille habite Poretto, un petit village au nord de Bastia. Un jour de décembre, Fleig annonce à sa logeuse qu'il va voir son ami à Poretto. Il se présente au commissariat pour l'appel du matin. Pas du soir. Pendant treize ans, on l'a cru mort. Le revoilà. En Corse.

« Comment a-t-il pu voyager et passer quatre frontières ? Comment a-t-il disparu de Poretto ? Des gangsters l'auraient kidnappé. Mais une bande rivale l'aurait repris et finalement aidé à fuir par l'île d'Elbe et l'Italie ! C'est ce qu'on raconte à Bastia. Fleig, lui, se tait. Le milieu, il ne connaît pas. La mafia, de quoi parlez-vous ? Il y a pourtant de quoi raconter. Et je raconte, dit Julius.

D'autres vont prendre la suite. En 1952, Henri Hellé, un plongeur passionné et un ami de Tanger, tente sa chance. Il s'est fait graver une très belle carte de visite :

Monsieur H.
Négociant de haute mer

« Avec feu l'avocat Cancellieri, il affrète le yacht *Starlena*. Six excellents plongeurs de Nice devaient ratisser les fonds dans la zone probable, en automne. Quand le *Starlena* arrive à Bastia, toute la ville est au courant. C'est le 24 juin. Ce jour-là le *Sampiero Corso*, le nouveau et superbe navire qui assurera dorénavant la liaison touristique Corse-continent, fait son voyage inaugural. Grand pavois. Les quais sont noirs de monde. Les drapeaux flottent au vent. Le maire, discours à la main, le préfet, toutes les autorités au premier rang, la fanfare, la garde d'honneur. Le *Sampiero Corso* entre majestueusement au port. La fanfare des pompiers joue *La Marseillaise*. Une petite fausse note : au lieu de gagner son poste d'amarrage, le *Sampiero Corso* fait un crochet, s'approche du *Starlena*, et éventre le yacht contre le quai. Invraisemblable ? Impossible ? Si. Réel. Vrai. Le *Starlena* coule. Sous les yeux de la foule et des officiels. "Une regrettable fausse manœuvre", d'après le commandant du navire. La fanfare des pompiers va reprendre l'hymne national avec un peu de retard. Le *Starlena* devra passer trois mois en cale sèche. Il ne cherchera plus le trésor de Rommel.

« Henri H. s'entête. Il affrète la *Romany Maid* qui, elle, n'arrivera même pas en Corse. Avarie de moteur irrémédiable. Pas de chance, vraiment. Mᵉ Cancellieri continuera à prendre des contacts avec toutes sortes de compagnies de récupération, mais il est mort sans avoir monté une seule expédition. Le calme revient sur les eaux de Bastia. Sauf un détail. Un soir d'août 1961, André Mattei, saoul comme une bourrique, se vante dans un bar d'avoir localisé le trésor de Rommel. Cette nuit-là, il ne rentre pas chez lui. Trois jours plus tard, on trouve son cadavre mitraillé dans le maquis près de Propriano. Enquête. Un suspect est arrêté, inculpé, jugé en cour d'assises, acquitté et relâché. Tout ça est dans les dossiers. L'année d'après, on retrouve son cadavre mitraillé dans le maquis. Encore un détail.

« C'est le passé. Nous sommes en 1962. Lord

Kilbracken ne s'intéresse qu'à l'avenir. À bord de son yacht, le *Sea Diver*, Link l'inventeur et son matériel, dix hommes d'équipage, de sept nationalités différentes, anglais, américains, hollandais, grecs, etc. Et le plus important, Fleig, qui tient un bout de carte marine allemande annotée de la main du criminel de guerre Schmidt, un souvenir direct de Dachau... Mais la carte du Devisenschutzkommando, qui indique le lieu d'immersion des six caisses d'or au large de Bastia, n'est pas simple à lire. Un trait de crayon sur le papier, c'est six fois la largeur des Champs-Élysées sur le terrain. On reprend le récit de l'Obersturmbannführer Schmidt, l'itinéraire au compas, les cinq visées à terre, les dimensions des caisses métalliques à munitions, 1,20 m × 40 × 40, la sonde à cinquante-cinq mètres. Et on recommence.

« Il y a à bord six types différents d'instruments de repère, dont les plus modernes de l'US Navy. Ce qui manquerait plutôt, c'est l'artillerie légère. De faux pêcheurs tournent autour du *Sea Diver*. L'avocat de Fleig signale alors qu'il a reçu une lettre de menace datée de Paris le 23-5-62, qui rappelle qu'il y a eu déjà trois morts : "N'allongez pas la liste. Il ne faut pas toucher au trésor de Rommel. Le bon conseil vient d'amis de la Korse et de Nice." Mais quel Corse ou Niçois pourrait écrire la Korse avec un K ! Provocation ? Qui est derrière l'avertissement ? Les faux pêcheurs à la palangrotte tournent toujours autour du bateau. Ils relèvent les azimuts dans lesquels travaille l'équipe de lord Kilbracken. Peut-être seulement des paresseux qui souhaitent qu'on fasse le boulot à leur place...

« Échos. Encore des échos Tout sera essayé. Tous les instruments. Stenuit descendra même en scaphandre. Rien. Ou plutôt quelque chose, mais quoi ? Trop de sable et de vase. Trop d'indices non concluants. C'est ainsi que se défendent les mystères. Pour réussir à détecter le trésor à cette profondeur, il faudrait passer à *moins de quatre mètres* des caisses. Il y a tant d'épaves. La mer est si riche mais si changeante. Le temps se brouille. L'équipe de lord Kilbracken et de Stenuit abandonne. »

Rumeurs, interrogations, brouhaha. Mais le rapport avec Malte ? Et votre yacht aux portraits de pirates ? Et notre accueil grandiose dans cette demeure historique ?

« Ah, dit Julius. On en vient aux questions personnelles. Je les croyais interdites par le règlement. C'est à la présidente de décider.

— Allez-y, Mai », dit chaleureusement Août.

Moi, je ne regarde pas Mai. Je regarde Août. À ce moment-là, elle aime Julius. Je n'aurais pas dû voter blanc.

« D'accord, dit Julius. Henri Hellé était donc un ami de Tanger très aventureux qui lui aussi avait abandonné. J'ai voulu le relancer pour une nouvelle expédition au large du cap Corse. Il a dit non. Il a pris une retraite discrète dans l'île franco-hollandaise de Saint-Martin aux Antilles. Mais moi, plus jeune, j'étais resté sur ma faim. Après mon éviction du Club pour délit d'imagination créatrice, j'étais au chômage technique. Je rêvais donc encore plus. Et j'ai monté ma propre expédition avec des anciens des services dont j'étais proche. Pas de chercheurs, pas de lord, pas de matériel lourd ultramoderne, pas de savants. Rien que des commandos qui avaient survécu à tous les coups durs du Proche-Orient, d'Europe, d'Afrique. Pourquoi ? Parce qu'ils avaient de la *chance*. C'est quand même le vrai et le seul critère quand on cherche des hommes. Napoléon n'a-t-il pas dit cela aussi ?

« Sept chanceux. D'incroyables veinards qui pouvaient raconter l'assassinat du comte Bernadotte médiateur des Nations unies, l'explosion de l'hôtel Roi-David où siégeait l'état-major anglais, trois captures d'avions détournés avec libération d'otages, deux coups d'État (dont un en Amérique centrale), cinq évasions de prison dont on ne s'évade pas, et je passe les accidents de voiture malheureux arrivés à des gens que nous n'aimions pas beaucoup. Oui, du bol. »

Et tous, dans nos smokings à col cassé, et Août dans sa robe longue à immenses nœuds de taffetas noir, de nouveau fascinés, nous approuvons de la tête, bouche bée, comme des enfants à la veillée : Oui. Du bol.

« Je saute les détails, continue Mai. Sept de front, au fond de la mer, écartement de deux mètres. Mais surtout, avant, recherche systématique des photos de la côte corse au nord de Bastia prises en 1943. Parce que les amers, ou points remarquables à terre à la base de tous les relèvements de l'Obersturmbannführer et de son calcul du point, c'était la côte corse telle qu'elle était en

1943 ! Sans les immeubles et les pylônes actuels.
Avec des maisons différentes et des arbres plus
petits. L'erreur de cette équipe de super-techni-
ciens n'était pas une faute de navigation ou un
manque de matériel adéquat : ils avaient le meilleur du monde. Ce n'était pas une faute de géographie, mais d'histoire. La côte n'était plus la même.
Une erreur de vingt ans.

— Alors, vous l'avez donc trouvé, le trésor ?
ne peut s'empêcher de s'exclamer Juin, qui est, on
le sait, notre scientifique.

— Champagne », répond Mai.

Janvier tousse.

« Très intéressant récit, dit-il en sifflotant.
Exemplaire. Je comprends tout à fait que Malte
vous ait aussi noblement accueilli. On n'est jamais
assez reconnaissant avec les vrais mécènes pour
leurs œuvres philanthropiques. »

Le pire, c'est qu'il a l'air sérieux, Janvier.

« Attention, corrige Julius. Mon titre de sir est
anglais. Ici je n'ai qu'un établissement maritime,
deux banques *off-shore* et quelques magasins hors
taxes. Si j'ai eu droit à la reconnaissance des autorités maltaises, c'est pour une tout autre histoire. »

Silence. C'est Août qui craque la première :

« Julius, pardon, Mai, est-ce un secret militaire ?

— Non, chère présidente.

— Touche-t-elle à un problème d'ordre personnel ?

— Pas du tout, très chère présidente.

— Avez-vous juré la discrétion à quelqu'un, peut-être à une femme ?

— En rien, chère et très chère présidente, en rien.

— Alors, qu'est-ce que vous attendez ? »

Mai attend que circule le plateau de fromages apporté par son jet, puis qu'une table roulante chargée de desserts (dont un fabuleux paris-brest) ait fait le tour de tous les convives, réveillant les échos du Cavalier de Saint-Jean, puis que chacun des membres du Cercle ait pu prendre un peu d'aise en se reculant dans son fauteuil, verre en main.

« À la dimension de Malte, il y a cinq ans, il y a eu un vrai drame national. Il fut occulté le plus possible, sans qu'on puisse éviter toute mention dans la presse. C'est pourquoi, à l'invitation d'Août, je peux raconter. À côté de la cathédrale Saint-Jean, magnifique édifice bâti entre 1573 et 1577 au sol de marbre multicolore pavé des tombes des plus illustres chevaliers, il existe un petit musée consacré à une œuvre : le tableau du Caravage représentant la décapitation de saint Jean Baptiste. Je vous fais remarquer :

« 1. Saint Jean Baptiste est le patron de l'ordre de Malte. La cathédrale de La Valette lui est dédiée. D'où l'importance hautement symbolique de l'œuvre : religieuse, historique, politique.

« 2. Le Caravage est l'un des plus grands peintres italiens et ce tableau est considéré pour le décor, les personnages, la lumière, comme l'un de ses chefs-d'œuvre. La *Joconde* pour Léonard de Vinci...

« 3. Il est aussi, en surface, de très loin sa plus grande toile : cinq mètres vingt sur trois mètres soixante ! Près de dix-neuf mètres carrés !

« Eh bien, un matin comme les autres, à l'ouverture de la cathédrale et du petit musée adjacent consacré au tableau du Caravage, à une superbe suite de tapisseries flamandes de Rubens et aux trésors de la cathédrale, objets du culte, vêtements sacerdotaux, art sacré, tout ce qui est or ou argent et que Napoléon lors de son rapide passage en 1798 n'a pas eu le temps de voler pour enrichir les caisses de la République française..., on s'aperçoit que le tableau a disparu. Stupeur et consternation. On doute, on crie, on se frotte les yeux. Le *Saint Jean Baptiste* du Caravage ! vingt mètres carrés ! Dans la cathédrale Saint-Jean ou quasiment ! Toutes portes fermées ! Les fenêtres intactes ! Mystère et désolation.

« Et maintenant, le film au ralenti comme j'ai pu le reconstituer, quand quelque temps plus tard, j'ai été amené à intervenir.

« Neuf heures du matin. La cathédrale est ouverte. Un gardien (âgé), assisté pour tenir la caisse et le carnet à souches du musée par la tante d'une belle-sœur du bedeau (on se soutient en famille à Malte), ouvre le rideau qui cache l'entrée, s'installe à la petite table, dispose carnet et caisse, et commence à distribuer les tickets aux visiteurs, une livre maltaise par personne. De l'entrée, le gardien a allumé les lumières du musée. Il y a une douzaine de touristes qui attendent déjà. Pas de temps à perdre. Il doit être à peu près neuf heures quinze. Le gardien, en allumant les lumières, a bien jeté un regard dans la salle des tableaux, il le jurera à l'enquête, mais il n'a rien remarqué. Il n'a rien remarqué parce qu'il n'a, en fait, rien regardé. L'habitude. On ne voit que ce qu'on s'attend à voir. À neuf heures vingt, deux touristes japonais — qui déposeront — reviennent de la salle pour demander au gardien dans un anglais laborieux où se trouve le très réputé tableau du Caravage. Ils sont suivis de peu par un touriste allemand qui demande où est passée la très célèbre *Décollation de saint Jean Baptiste*. Le gardien répond : "Là où il a toujours été", puis il doit se lever en grommelant sur l'insistance de ces touristes étrangers stupides et quitter ainsi sa caisse, ce qui lui est interdit. Dans l'interminable enquête, beaucoup de temps sera d'ailleurs gaspillé, parce que le gardien se préoccupe fort peu du Caravage, mais beaucoup plus de ne pas perdre son emploi pour avoir abandonné sa caisse.

« À partir de la découverte de la disparition, près d'une demi-heure d'agitations diverses. Le gardien appelle au secours. Les alarmes — un peu tardives — se déclenchent. Les autorités ecclésiastiques, des sous-diacres à l'évêque dans l'ordre hiérarchique croissant, se précipitent. Puis la police. Puis l'ensemble des autorités civiles, militaires, politiques. Leur premier souci est d'étouffer la rumeur : le tableau a été volé. On fabrique à la hâte un écriteau : *en restauration*. Cette tâche urgente de salut public est perturbée par deux incidents majeurs : les miaulements forcenés d'un chat rayé partant d'une des salles supérieures du musée. Et, aux pieds du chat, une lettre, ou plutôt un bout de papier, où est écrit, mal et de façon quasi aiguë : *Malta a l'Ordine*. Il n'y aura aucune autre indication dans les semaines et les mois à venir. Pas de message. Pas de coup de téléphone. Pas de revendication. Les autorités — et tous les experts consultés de Rome à Londres et de Washington à Tokyo — resteront sans réponse face à ces seuls faits : un immense tableau volé, un chat rayé, un bout de papier. Peut-être un peu de très bon cognac pour changer du champagne ? Oui ? »

D'un geste du menton, Julius donne l'ordre.

« Ce mystère m'a intéressé. Comme toujours, il faut partir du mobile : pourquoi ? Ce Caravage, compte tenu de sa célébrité et de sa taille, est totalement invendable. Plutôt donc un dépit, une vengeance, une menace politique. Ces quelques mots en italien évoquent les rapports de Malte et de l'Ordre. Un fanatique ? Un obsédé ? À Malte, l'Ordre est partout. Mais en droit, il n'y est pas souverain. Il possède seulement un bail de quatre-vingt-dix-neuf ans sur le plus superbe des forts, ce qui lui a coûté une fortune sans lui assurer une base territoriale internationalement reconnue. Les illuminés sont légion. J'abandonne temporairement la piste du mobile. Que reste-t-il ? Un chat et un mot. Est-ce que vous vous rendez compte que Scotland Yard, le MI5, le MI6, et toute la série si elle a d'autres numéros, tout ce que l'Angleterre a de plus pointu comme experts policiers va se pencher sur ce chat ? Ce chat rayé ?

« Parce que les Maltais, anglophiles résolus, ont d'abord fait appel à Londres. Des professeurs très spécialisés dans des universités nombreuses seront consultés sur le fait de savoir *si un chat peut écrire*. Des animaux peuvent apprendre à compter, c'est connu. Mais à écrire ? Une analyse très fine des griffes du chat finira par démontrer que la médiane, la plus longue, a été trempée dans l'encre, l'encre du bout de papier lui-même. Des enseignants chevronnés se traiteront réciproquement d'ânes diplômés, voire de fumistes. Un modeste vétérinaire finira par retrouver des traces de pression humaine fortes sur la patte droite du chat. On aurait pu, si j'ose dire, lui tenir la main pour lui faire griffonner, au sens propre, ces quelques mots. Le chat est considéré de toute façon comme un témoin capital. Il est mis juridiquement sous scellés. En haut lieu, on étouffe encore. Un chat rayé ne porte pas automatiquement bonheur. Et puis, si des ligues de la SPA britannique protestaient contre sa détention prolongée sans la présence d'un avocat ? Secret défense.

« Le bouillant voisin libyen, le colonel Kadhafi, qui a eu longtemps des visées sur Malte, et qui a déjà organisé des unités spéciales de femmes-soldats au crâne rasé, aurait-il créé des brigades de chats lettrés spécialisés dans le vol des chefs-d'œuvre historiques ? Non ? Comme l'écrivent si bien les bureaux des chancelleries : "Il convient, à ce stade, de n'écarter aucune hypothèse."

« Je fais court. Les enquêtes finissent par apporter la certitude que le voleur s'est laissé enfermer dans la cathédrale ou les bâtiments annexes anciens et compliqués du musée attenant. Les caches ne manquent pas. On a retrouvé une trace de chaussure masculine pointure 39, un homme au pied léger, ou une femme sportive. Encore une fois, le doute. Comment le voleur est-il sorti ? Pour moi, c'est évident. Par la porte, comme tout le monde, avec les touristes. Dans la pagaille de la découverte du vol. *On ne demande pas les tickets à la sortie.* Un bon titre pour un livre de Mémoires, non ? Mais le Caravage ? Même si la sortie n'est pas contrôlée, un homme avec une toile de trois mètres soixante de haut sur cinq mètres vingt de large ne peut pas passer inaperçu. Donc le voleur est sorti par la porte et le Caravage, d'une autre façon, à part. Or aucune des sorties sur l'extérieur, énormes, massives, impossibles à manipuler, n'a été touchée, pas plus que les fenêtres, jamais ouvertes.

« Ici même, au Cavalier de Saint-Jean, les lourds chevaux qui descendaient la rampe servaient à hisser les canons en haut sur la plate-forme. J'imagine cette sorte de va-et-vient. Le tableau monte, le chat descend. Si on exclut portes et fenêtres, il ne reste qu'une cheminée. Vous voulez une preuve ? Examinez de nouveau scientifiquement la fourrure du chat, et surtout cette partie du dos où il ne peut pas se lécher pour se laver. On repasse le chat aux rayons, aux analyses, aux réactifs. Un laboratoire trouve des traces de $(C^6)^n$, vulgairement appelé *suie*.

« Mais il n'y a pas de cheminée connue. Le dossier du chat est transmis aux archives de Malte, aux architectes paléographes, aux lecteurs patentés de grimoires. Un scribe découvre dans un devis de 1748 la facture d'un poêle pour un grand maître allemand qui trouve la Méditerranée froide et humide en hiver. Les enquêteurs s'élancent sur la piste, chat en laisse. Derrière un bahut où sont rangées les collections de vêtements liturgiques précieux, on retrouve l'entrée du tuyau. Tout s'éclaire : le tableau est monté par le tuyau du poêle, le chat est descendu. Qui pouvait bien connaître l'existence de cette cheminée germanique ? Un ouvrier couvreur, ou un érudit éminent ? Mais des centaines d'entreprises ont travaillé à l'entretien et à la restauration des toits de La Valette. Des milliers de spécialistes se sont penchés sur l'histoire de l'ordre de Malte et, parmi eux, autant de passionnés qui ont pu refuser tout compromis sur son statut d'État souverain... Et à quoi, bon Dieu, pouvait servir le chat ? En haut lieu, on décide d'étouffer de plus belle. C'est le moment où des amis me demandent d'intervenir. Un pirate chercheur de trésor ne doit pas avoir peur des mystères... »

Cognac, armagnac, poire, un alcool de bois scandinave assez rare, une prune serbe pittoresque circulent chaleureusement.

« Je suis trop long, dit Mai.

— Mais non, mais non. »

Août rêve. Je rêve à Août. Julius sent qu'il faut conclure.

« J'avais mes soupçons dans le monde diploma-

tique. Le mobile. Le côté félin. Tout s'est joué ici,
au Cavalier de Saint-Jean, sous cette voûte où
nous sommes lors d'un grand dîner, comme ce
soir, cravate noire et robe longue. J'avais obtenu
au prix d'innombrables demandes administratives
d'avoir à ma disposition le chat rayé pour la soirée. Le chat rayé n'a pas hésité. Il a tout de suite
reconnu son maître en se jetant dans ses jambes
et sur ses genoux. Après, ce fut une très discrète
conversation, à mots couverts, et une aussi discrète récupération par les autorités dans un garage
écarté. Vous pouvez aller admirer dans le musée
de la cathédrale le plus grand Caravage du monde,
la *Décollation de saint Jean Baptiste.* »

Bravo. Oui, bravo. On applaudit Mai, même si
plusieurs restent encore sur leur faim. Août paraît
lasse. Pas de questions ? Trop de questions. Des
noms, le chat, le troc, la rançon, Malte, l'Ordre...
On veut la fin. Mais Julius esquive.

« La prime d'assurance ?

— Distribuée à la police. Il faut bien calmer
l'amertume de ceux qui n'ont pas trouvé.

— Un poste d'ambassadeur ?

— Merci, non. Vive la liberté.

— De ministre ?

— J'ai ma dignité, messieurs.

— Alors ?

— Alors, si vous voulez la vérité, j'avais souhaité être enterré sous mes armes de chevalier
achetées à cette officine anglaise, dans le pavement en marbre multicolore de la cathédrale Saint-
Jean. Impossible. Refus. Réservé aux chevaliers
membres de l'Ordre lui-même. Commandeur,

grand officier du mérite, soit. Tout de suite, pas de problème. Ce n'est qu'un honneur à vie. L'Ordre est plus avare des honneurs funéraires : ils durent plus longtemps. Mais il y a à La Valette une petite église très émouvante qui s'appelle Saint-Paul du Naufrage. On sait que saint Paul a fait naufrage ici, en route pour Rome pour y être jugé, et que cette escale imprévue lui a permis de convertir au christianisme le gouverneur romain, sa famille, son administration et toute la population de l'île. Rien à voir avec l'affreuse cathédrale anglicane Saint-Paul laissée par les Anglais et que les Maltais auraient dû faire sauter. J'ai obtenu le droit d'être enterré dans cette petite église Saint-Paul du Naufrage sous un pavement multicolore dessinant mon nom et mes armes. Comme les vrais Chevaliers, ailleurs. Logique. Le convoi allemand coulé à Bastia, les caisses d'or balancées au fond de la mer, ma fortune vient d'une sorte de naufrage. »

On applaudit encore. On se prépare à se séparer. Julius reprend la parole :

« Et puis, il y a une autre raison, logique : comme saint Paul, je suis juif. »

❧

Les Rolls-Royce se sont rangées devant la porte. Chacun est pressé de rentrer sur le yacht. La journée a été longue, les alcools nombreux, la soirée si riche en péripéties. Sur le trottoir, Janvier prend Julius sous le bras et siffle entre ses dents — mais pas trop bas quand même :

« Encore mes félicitations. C'est le plus beau récit du mois que j'aie jamais entendu. Et si vrai. Bien sûr, à un détail près, mon cher Mai. C'est vous qui aviez volé le Caravage. Comment je le sais ? Le chat rayé était à vous. »

6

JUIN

La vision souterraine

L'entrée du palais de la Découverte est une entrée de palais. Les fées l'ont touchée de leur baguette. Du marbre sur les murs, des bas-reliefs dorés à la gloire des arts, une voûte immense. Des balcons, des balustres, des escaliers monumentaux, des allégories volubiles et grandioses. À la porte vous accueillent deux grandes sculptures de dames peu vêtues qui représentent sans doute la vérité et la science et maîtrisent des chevaux fougueux en équilibre sur un pied. Un symbole de la vérité et de la science.

En haut des marches, notre ami Juin et le directeur du palais de la Découverte.

« La salle π a été réservée pour votre dîner, dit le directeur. Elle me paraissait s'imposer. Peut-être un verre dans mon modeste bureau ? »

Les membres du Cercle des douze Mois se sont dispersés dans le hall, attirés par les panneaux annonçant la douzaine d'expositions, d'expériences, d'aventures offertes en même temps aux visiteurs : sur la radioactivité, Internet, les cinq sens, la Guyane, les maladies du cœur, les automates, la conquête de l'espace, l'aspirine, le Big Bang... Des enfants. Il faut qu'Août les rappelle à l'ordre. Le directeur prononce quelques mots de bienvenue :

« Voulu par Jean Perrin et le Front populaire, ce bâtiment a pour mission "d'apporter la science au peuple". Combien de nos grands savants, dont nos prix Nobel, ont vu naître leur vocation en entrant dans ce hall magnifique, petits garçons amenés par leur papa ? Oui, lieu de vocation autant que de mémoire.

— Comme le musée de la Marine, coupe Juillet. C'est mon grand-père qui...

— Comme le musée de la Marine. Pouvons-nous demander à notre ami, je crois qu'entre vous vous l'appelez Juin, s'il en a été ainsi pour lui ?

— Cher directeur, une des règles de notre Cercle est de ne pas céder à la tentation des souvenirs.

— Pour ce qu'il en reste, des règles de notre Cercle, grommelle quelqu'un.

— Mais, puisque vous m'y invitez, la réponse est oui. En 38, j'avais onze ans. Mon père, très modeste ouvrier des travaux publics que j'ai connu en blouse et casquette, m'a conduit ici par la main en me disant à peu près : "Je ne sais rien, je ne comprends rien. Mais maintenant je peux me dire que si j'avais voulu, j'aurais su et compris." À cette époque, les organes directeurs de notre université n'avaient pas encore répandu une sorte de honte d'apprendre. J'ai appris.

— Pour nous tous, vous êtes un maître. Savez-vous, dit le directeur en se tournant vers Août et les membres du Cercle, savez-vous qu'à l'entrée à Polytechnique il a égalé le total de points fameux

réalisé par Arago ? Un record d'un siècle et demi !
Attendez (et le directeur fait circuler les verres) il
y a mieux encore. Il n'avait pas dix-neuf ans. Son
écrit était parfait. À l'oral, un petit groupe de candidats, mais aussi de professeurs, était venu
comme à un cours magistral. L'examinateur lui
dit : "Démontrez-moi ce que vous voulez. Oui, un
théorème que vous inventerez, par exemple. Ce
qui vous plaît." Du jamais vu au concours de l'X.
Et notre ami, craie en main, commence à aligner
les équations au tableau noir. L'assistance retient
son souffle. Depuis trois quarts d'heure, il jongle
avec les Δ et les Σ, les fonctions et les racines. "Et
maintenant...", dit-il. Silence. "Et maintenant, si
$x > 1$, on peut dire..." Silence. "Si $x > 1$ et $\neq$ de ∞,
alors on peut dire..." Et l'un des professeurs s'exclame : "C'est Mozart !" »

Le directeur ajoute : « La légende de l'École
veut que personne n'ait été capable de retrouver
la démonstration de ce théorème improvisé, personne. Même pas l'auteur ! »

Juin est grand, un peu voûté, le cheveu en
brosse. Il a un tic : ôter ses lunettes, souffler dessus, les essuyer. Il ôte ses lunettes, souffle dessus,
les essuie.

« Il n'y a pas de science exacte, dit-il.

— Je vous conduis à la salle π, enchaîne le
directeur. Le cœur, le cerveau, le symbole du
Palais. »

Il a du mal, en chemin, à maintenir dans les
rangs les membres du Cercle qui veulent essayer
la cage de Faraday ou tester leur aptitude à distinguer le bruit du grillon de celui du criquet pèlerin.

« Des enfants, dit Août. Si vous êtes sages, je vous emmènerai dimanche prochain voir l'exposition sur les dinosaures. »

Son ironie tombe à plat. On ne lutte pas contre les fées.

Juin présente la salle. Autour de nous, en cercle, inscrite en lettres d'or, la définition approchée du nombre π, avec 704 décimales. Il y en avait plus, mais un nouveau calcul ayant démontré une erreur, les services en 1951 ont dû corriger avec les seuls chiffres existants, par économie. Les rigueurs budgétaires l'emportent de loin sur la rigueur scientifique.

Autour de la pièce, accompagnant π et ses décimales, les noms des plus grands mathématiciens de toutes les époques, de Abel à Weierstrass en passant par Pythagore, Archimède, plusieurs Arabes, Pascal, d'Alembert, Poincaré et les autres.

« Ah, pour le dîner, dit Juin, je ne suis en rien gastronome, j'ai demandé à la cantine de l'Éducation nationale qui, on ne sait pourquoi, occupe quelques locaux du Grand Palais en compagnie d'un commissariat de police. Soit. Elle fournit la base. Octobre s'est chargé des vins. Janvier, des desserts : une charlotte au chocolat ? Oui. Le plateau de fromages a été apporté par Novembre. C'est une sorte de pique-nique au palais de la Découverte. Et si on invitait le directeur à y participer ?

— C'est contraire à nos règles.

— Il reste des règles ?

— Nous serions treize à table.

— Non, dit Août. Le pasteur Avril m'a fait

savoir hier qu'il était souffrant et ne pourrait pas
se joindre à nous. Je crains que depuis le désastre
de la Wartburg il n'ait des doutes sur l'utilité de
sa participation au Cercle ou encore sur l'utilité de
nos réunions elles-mêmes. Le directeur est
invité. »

Et nous voilà douze à table.

« J'ai l'honneur, dit Août après avoir considéré
avec soin ses ongles rouges, j'ai l'honneur d'accueillir notre nouveau membre, Mars, très célèbre
archéologue, dont je n'ai plus à faire l'éloge, les
autres membres du Cercle s'en étant plus que largement chargés lors de notre dernier dîner... »

Quelques murmures dans la salle π. Elle n'est
quand même pas jalouse, Août ? Elle avait bien
donné son accord à l'élection d'une deuxième
femme, Brigitte Chauvin-Gordot. Elle manifeste
depuis quelque temps, une distance générale.
Comme si nos jeux de vieux garçons ne la dis-
trayaient plus. Et encore moins les décimales du
nombre π. Mars elle-même ne bronche pas. C'est
une petite bonne femme aux cheveux courts et aux
yeux noirs brillants, extraordinairement ridée. Si
elle se concentre ou s'inquiète, elle se plisse
encore davantage. Si elle rit, pire, elle n'est plus
que rides et plis. On s'y fait difficilement, comme
à une difformité. Mais elle est si chaleureuse, si
vive... Qui a lancé le signal ? Je ne sais. Mais on
l'applaudit. Encore un manquement à toutes nos

règles. Il se retourne dans sa tombe en Écosse,
le brigadier sir Mac Ewan Gubbins qui, dans son
manuel de guérilla, interdisait d'éprouver le
moindre sentiment pour ceux qu'on a la mission
d'aider.

« La parole est à Juin, pour justifier le lieu de
notre réunion, dit Août après un dernier regard à
ses ongles.

— Il n'y a pas grand-chose à ajouter. Si ce
n'est que j'avais d'abord choisi pour notre soirée
un petit village au nom très symbolique dans les
collines toscanes, qui s'appelle Vinci. Oui.
Comme Léonard de Vinci. On vous y montre la
modeste ferme où il est né, et une partie du château des seigneurs locaux a été transformée en
musée. Vis sans fin pour monter l'eau, char d'assaut à faux tournantes pour dévaster les rangs
ennemis, un bric-à-brac génial et dérisoire parce
que, à toutes ces inventions parfois prophétiques,
il manque la principale : une source nouvelle
d'énergie. Mais il ne faut pas abuser du pittoresque. Et c'est à Florence que je voulais vous
convier. Dès qu'on dit Florence, on pense Fra
Angelico, Giotto, Ucello, Michel-Ange, etc., le
palais Pitti, le Dôme, la Signoria, les jardins
Boboli, le ponte Vecchio sur l'Arno, que sais-je.
On ne connaît pas le musée de la Science. Le
musée d'Histoire de la science de Florence. Une
merveille d'instruments d'optique, de pesée, de
mesure, cuivre et acajou. Avec une salle spéciale
Galilée, bien sûr.

— Il a été réhabilité ?

— Non seulement réhabilité, mais, si j'ose dire,

récupéré. Vous pouvez admirer son superbe tom-
beau en marbre dans l'église Santa Croce, panthéon des grands hommes florentins. Je dis bien :
dans l'église. À gauche en entrant. Michel-Ange
est en face, à droite. Dante et Machiavel, un peu
plus loin. Mais organiser un voyage collectif et
gastronomique à douze à l'étranger est un problème qui me dépasse. Je n'ai ni le génie ni la
logistique de notre ami Mai. Paris, donc. Et le plus
beau des sites pour un scientifique, au cœur de
Paris, le palais de la Découverte. Avez-vous noté
que le mot *découverte* s'applique aussi bien à celle
de l'Amérique qu'à celle de la pénicilline ? Si
notre Cercle d'aventuriers a sa place quelque part,
c'est bien ici. Je signale que l'aventure du nombre π
a commencé il y a près de 4 000 ans, à Sumer et
en Égypte, et n'est pas près de se terminer. »

On approuve Juin. Vive le nombre π. Le directeur nous invite à saluer plus particulièrement dans
la liste des cinquante-sept plus grands mathématiciens le scribe Ahlmès, 1800 avant Jésus-Christ,
qui a noté une valeur approchée de 3,16, ce qui
n'est pas si mal. Une tablette cunéiforme donnant,
elle, sur une numérotation à base de soixante, une
variante à 3,125 pour le périmètre et 3,16 pour
l'aire.

Août soupire (il semble vraiment que la science
l'ennuie) :

« Dieu merci, le règlement n'a pas prévu un
récit du mois en équations. La parole est à Juin.

— Je voudrais, dit Juin, revenir sur cette image
que je viens d'évoquer : l'aventure scientifique.
L'invention mathématique est à la fois un exploit

sportif et une victoire de l'esprit : comme de gagner une transatlantique à la voile en solitaire ou enchaîner des plus de 8 000 mètres en un temps record. J'oubliais le facteur chance. Il n'y a pas de réussite scientifique sans chance.

— Un bon exemple, dit le directeur, est la découverte fortuite en 1965 du rayonnement fossile de l'univers par deux scientifiques américains, Arno Penzias et Robert Wilson, futurs prix Nobel. Mais tout le monde connaît cette histoire.

— Non, non. Nous attendons de la connaître. Racontez.

— Avec l'autorisation de la présidente.

— Racontez, dit Août. Hélas.

— La théorie de l'expansion de l'univers remonte à Hubble en 1929, à la suite de son observation selon laquelle les galaxies s'éloignent de nous d'autant plus vite qu'elles sont plus lointaines. Je passe sur les travaux de l'abbé Lemaître et de George Gamow. En 1948, Alpher et Herman pouvaient affirmer que les radioastronomes devraient détecter un bruit de fond correspondant à une température de 5 °K (soit − 268 °C), trace du refroidissement du rayonnement émis trois cent mille ans après la "naissance" de l'univers lors du passage de l'univers *ionisé* à l'univers *atomique*. C'est clair ?

— Pas du tout, mais continuez.

— Jusqu'en 1965, on croyait avec Hoyle et Gold qu'une très faible création continue de matière maintenait l'univers à une densité constante.

— Seigneur, dit Août.

— Penzias et Wilson travaillent à la Bell Telephone Company. Ils mettent au point un grand réflecteur pour tester les télécommunications avec le satellite Echo. Ils constatent un bruit de fond très fort (correspondant à une température de 2,5 °K) tous azimuts. Ils le signalent à leurs voisins de l'université de Princeton. Et c'est leurs voisins qui leur apprennent qu'ils viennent de réaliser la plus grande découverte de l'astrophysique : la preuve que le monde a eu une naissance. À d'autres époques, on aurait dit la création.

— Fichtre.

— C'est beau, la poésie.

— Et le Big Bang ?

— Mot à la mode. Mais la théorie résiste bien.

— Juin, demande Août, vous êtes le père de l'armement nucléaire français, vous êtes un savant, vous n'allez pas me dire que vous jouez aussi avec les mots comme ces astronomes à chapeau pointu ?

— Des mots, des dessins, des histoires, des instruments, des rêves, des secrets. Et de la chance. La science a un chapeau pointu.

— Je comprends, dit Août, qu'il y ait si peu de femmes parmi les Nobel. Tous les hommes sont des enfants.

— J'ai apporté un pâté fait maison par ma vieille gouvernante, dit Juillet. Il me paraît pouvoir améliorer les hors-d'œuvre de la cantine. »

On fait honneur au pâté.

« Il n'y a pas de science exacte, reprend Juin. En 1900, le modèle de la connaissance était une loi physique ou mathématique aussi rigoureuse qu'absolue. C'est fini. Les relations d'indétermination d'Heisenberg ont révolutionné notre conception du savoir. L'aléatoire a été réintroduit dans nos recherches et nos résultats. La science moderne parle de "maladies" des nébuleuses, de formations "ogresses" qui ont trop faim de matière, et aussi d'antimatière, de trous noirs, de mort des mondes et pas seulement de leur vie. Il n'y a plus que des hypothèses. J'ai déposé au nom de l'État français des centaines de brevets dans le domaine qui était le mien. Sans être jamais sûr d'avoir complètement et définitivement trouvé la vérité. Avez-vous entendu parler dans les années quatre-vingt de l'affaire dite des "avions renifleurs" ?

— Bien sûr. Un scandale célèbre.

— Une escroquerie. Repassez donc le pâté, mon vieux. Et merci à la gouvernante de Juillet.

— Bon, dit Juin. Je vais vous raconter, à titre d'exemple, ce scandale, comme vous l'appelez. Vu par un modeste scientifique. D'abord, le journaliste qui a trouvé l'expression "avions renifleurs" avait déjà gagné la partie en donnant le ton de la dérision comique à toute l'affaire. Mais, oubliez un moment les articles de presse, les livres à sensation et les travaux parlementaires aussi superficiels qu'intentionnés. Comment chez les polytechniciens mes collègues, camarades de promotion et voisins de bureau, issus de la botte, le corps des Mines, et spécialistes de la recherche des hydrocarbures, appelait-on ce projet ? "La vision souterraine." Ça a quand même une autre dimension. Le drame est que les personnages de l'histoire semblent tous sortis des aventures de Tintin. On sait que le château de Cheverny (Loir-et-Cher) est le modèle de Moulinsart, le château belge du capitaine Haddock. Le projet scientifique de vision souterraine repose sur un inventeur italien, Aldo Bonassolli, petit bonhomme chauve et volubile qui relève à la fois du professeur Tournesol et de la Castafiore. Quant au noble belge qui pilote toute l'affaire, le comte Alain de Villegasse de Saint-Pierre-Jette, il ressemble à Tintin pour la passion de la découverte aventureuse et au valet de chambre Nestor pour les bonnes manières. Les services secrets français, officiels et officieux, ne sont pas tout à fait étrangers à Dupont et Dupond. Il y a côté finances du Rastapopoulos dans l'air. Côté politique, du général Alcazar. Et Milou ? Ah, Milou, fidèle et dévoué, mais qui ne pense qu'à son os : les scientifiques français. Je suis partial ? Oui. J'aime Milou.

« Aldo Bonassolli se fait appeler professeur. Bien sûr, il ne l'est en rien. Il a un brevet de réparateur de postes de télévision. Mais son imagination le pousse à confondre ce qu'il croit avoir inventé avec ce qu'il aimerait avoir inventé. Les romanciers sont mieux placés que moi pour comprendre cet engrenage qui conduit à être amoureux parce qu'on a rêvé de l'amour. Qui a dit : "Victor Hugo est un fou qui se prenait pour Victor Hugo" ? On pourrait le dire aussi de tous

les grands hommes. Bonaparte s'est pris pour
Bonaparte avant de se prendre pour Napoléon.

— Pour un non-littéraire, vous n'êtes pas mauvais dans la biographie, dit l'un des membres.

— Analyse est un synonyme d'algèbre, terme
qui recouvre les notions de limite, de continuité,
de convergence et d'infini. Peut-il exister une plus
belle définition de la science humaine ?

— La notion d'inconnue, quant à elle..., dit le
directeur du palais de la Découverte.

— Les démonstrations sont interdites, dit Août
assez froidement (elle est, l'a-t-on oublié, normalienne Lettres). Le récit du mois est un récit exemplaire, vrai, et compréhensible. Restons-en là.

— Pardon, dit Juin en retirant ses lunettes,
soufflant dessus, les essuyant. Aldo Bonassolli est
né dans un bourg agricole à côté de Milan, Lurano.
Le maire est un mélange de Don Camillo et de
Peppone. Il fait la gloire d'Aldo et a pris par
contrat un bénéfice sur ses activités de génie tout
en le dénonçant comme mythomane et escroc de
naissance. Ce qui compliquera toutes les enquêtes
à venir. Aldo invente tout, tout ce qui peut frapper
l'imagination et le rendre célèbre. À l'époque des
spoutniks soviétiques dans l'espace, il invente la
machine à photographier les spoutniks. En fait,
des copies de dessins dans des revues de vulgari-
sation. Mais la presse en parle et c'est par des
articles de presse que le comte de Villegasse dans
son château belge apprend l'existence d'un nouveau Léonard de Vinci. Entre-temps, Bonassolli a
inventé "le rayon de la mort" et l'armée italienne
l'a invité à Rome avec le plus grand sérieux. On

ne sait jamais. Chaque fois, Bonassolli va jouer du mystère à merveille : il en dit assez pour allécher, pas assez pour être pris au piège. Il n'y a pas d'imposteur sans une sorte de génie. Ainsi pour l'eau. Le grand problème du siècle qui vient est celui de l'eau. On a calculé que si les six milliards d'habitants de la planète se mettaient d'un coup à consommer autant qu'un citoyen suisse, les réserves mondiales d'eau douce seraient épuisées en moins de huit jours. Bonassolli invente donc comment désaliniser l'eau de mer.

« C'est d'ailleurs ce qui avait frappé Villegasse à la lecture de l'article paru dans la presse belge. Le comte de Villegasse est d'une très ancienne famille anoblie il y a des siècles par les rois d'Espagne guerroyant contre les Arabes. Il a de la fortune. Il est docteur ès sciences de l'université de Louvain. La foi, l'espérance et la charité l'animent. Il veut sauver ce monde en proie au péché, mais aussi à la sécheresse, comme au Sahel. Personne n'est fou dans cette histoire, et certainement pas les banquiers suisses. Tout le monde est passionné. Une société financière est créée à Genève. Un ami fidèle, le baron de Marcken de Merken, qui pense bien, signale que le procédé salvateur intéresserait sûrement l'Espagne et qu'il connaît l'ami de l'ami d'un ministre du général Franco. Et les voilà tous embarqués pour Ibiza où ils disposent d'une vaste propriété, avec Aldo Bonassolli dans les bagages. On a déjà essayé le procédé dans le superbe château de la banlieue bruxelloise, mais aller chercher des bidons d'eau de mer à Knokke-le-Zoute prend trop de temps et le professeur s'impatiente : on lui chipoterait les moyens. La science n'attendra pas. Vite à la plage.

« Six mois de camp de vacances à Ibiza. Le bruit a couru que l'aristocratie belge tient un inventeur de génie. Les services secrets espagnols se mobilisent. Un conseiller d'Agnelli débarque. Un autre magnat italien, qui contrôle la production de ciment (et le ciment exige beaucoup d'eau), participe au financement. Bonassolli, qui en a assez d'Ibiza où il s'embrouille dans l'explication de résultats peu convaincants — l'eau n'est pas claire et coûte plus cher que le pétrole —, part pour la Libye sur recommandation de la firme pétrolière d'État italienne, la célèbre ENI, comme réparateur d'instruments sismiques, puis professeur d'électronique à l'université de Tripoli. En fait, il construira une petite chaîne de télévision locale. La rumeur se répand, de bouche à oreille, qu'il a trouvé de l'eau grâce à un appareil de son invention en Andalousie, en Iran, en Syrie. Il est vraiment épatant, ce savant bricoleur. Si on lui donne les moyens, bien sûr.

« Comment est-on passé de l'eau au pétrole ? Par le choc pétrolier. 1974. Les prix flambent. Les économies européennes sont gravement atteintes. L'emploi se dégrade. Le "professeur" suit l'actualité et en vit. Grâce à ses bombardements de neutrinos et ses tuyaux coudés, il détecterait l'eau à grande profondeur, pourquoi pas les hydrocarbures ? En France, l'idée passionne. Le procédé Schlumberger est célèbre. Si la France, qui n'a pas de pétrole, s'assurait le monopole de sa recherche scientifique, ce serait la puissance et la gloire. »

Juin s'interrompt et enlève ses lunettes.

« Elle vous intéresse, mon histoire, ou est-ce que c'est pour vous du rabâché ? »

On lui répond : « C'est mieux que les romans. Continuez. »

Juin hésite encore. « Le palais de la Découverte, où nous sommes, m'encourage à raconter cette histoire qui paraît folle. Avec ses divinités dévêtues, ses bas-reliefs contournés, il n'a rien d'un théâtre classique. L'aventure scientifique n'a rien du théâtre classique. Ce serait plutôt de l'opéra. (Et il souffle sur ses lunettes.) Mais c'est la science quand même. Ce petit agité italien a l'air d'un savant. À l'opéra, c'est l'*air* qui compte.

« Intervient alors dans cette histoire un personnage français aussi éminent que discret. Discret mais connu. M\ :sup:`e` Violet, avocat, bien vu du Vatican, dit-on, mais pas seulement du Vatican, paraît-il, agent non pas de l'ombre, plutôt de la pénombre, qui a rendu de grands services à la diplomatie française quand l'objectif était de convaincre les pays étrangers, notamment sud-américains, de ne pas condamner la France dans le drame algérien. Il a travaillé, bien sûr, avec Guillaumat, le ministre des Armées du général de Gaulle, brillant polytechnicien qui sera ensuite président d'ELF, notre grande société pétrolière, la seule de taille à essayer de rivaliser avec les compagnies anglo-hollando-américaines qui dominent le monde. Il est tout à fait inutile d'aller chercher des explications dans quelque conspiration encagoulée à l'échelle européenne inspirée à Bruxelles. L'élite de nos ingénieurs n'a rien à voir là-dedans. Et Me Violet ne plaît pas du tout au comte de Villegasse. Le comte de Villegasse veut sauver la planète, pas du tout la France. Il faudra qu'un autre avocat français, avec l'accord d'ELF, Xavier de Roux, aille à Zurich chercher le plus éminent des banquiers suisses et bâtir une société financière pour que le noble belge accepte de "prêter" Bonassolli, qu'il considère comme sa propriété. Jamais on n'aura vu dans une recherche scientifique autant de personnalités aussi sérieuses et responsables à l'origine d'un projet. Je ne vous ennuie vraiment pas ?

« Plus de 200 millions de dollars. Le comte de Villegasse signe et Aldo Bonassolli s'enferme dans son laboratoire de Zaventem, dans la banlieue de Bruxelles. Il commande des listes impressionnantes d'appareils informatiques et magnétiques. On crée une société d'aviation pour survoler la terre. Le savant, en l'air au-dessus de l'Aquitaine où des gisements de pétrole sont repérés et connus par ELF depuis longtemps, tourne fébrilement les boutons de sa machine, déclenche des alarmes, note des *bip*. Résultat ? Il a tout bon. La "vision souterraine" prend de la crédibilité. Nouvelle expérience au large du Gabon. Certains affirment que le gisement était lui aussi déjà connu de quelques spécialistes. Les défenseurs de Bonassolli soutiennent qu'il n'en est rien. En tout cas, un coup au but. Ce sera l'un des plus beaux gisements d'ELF. Champagne, dirait Mai. Le président du Gabon, Omar Bongo, ne résiste pas au plaisir de l'annoncer lui-même au roi du Maroc, Hassan II. En route pour le Maroc. Le petit Italien chauve installe de nouveau ses boîtes et ses tuyaux dans l'avion, au-dessus du Maroc, tourne ses boutons, déchiffre ses écrans, et annonce la trouvaille de rêve. Le roi Hassan II exulte et ne s'en cache pas. Un nouveau contrat de 250 millions de dollars est signé. Cela vous paraît beaucoup ? André Guelfi a répondu à la télévision française : un puits sec, c'est-à-dire foré pour rien, coûte au minimum 100 millions de dollars. Il y a parfois plus de cent puits secs pour rien, et on doit abandonner un périmètre ou même un pays. Être sûr de trouver du pétrole n'a pas de prix.

« Les avions volent, les boutons tournent, le "professeur" Bonassolli vaticine, éructe, se plaint (parce qu'il a, comme un vrai savant, un caractère de cochon). En Afrique du Sud, à plus de 4 000 mètres de profondeur, la sonde serait juste passée à côté du gisement. C'est la faute à pas de chance. Même mésaventure dans le Sud-Ouest français. Mais on a vu distinctement sur l'écran un boulon dans les profondeurs ! L'Italien continue à commander des compresseurs, des vaporisateurs, de l'eau lourde, de l'eau distillée, de l'eau de source, des ordinateurs, des magnétoscopes, des magnétomètres. Personne n'y comprend rien. Les équipes de contrôle sur place sont perdues. Variations du champ magnétique terrestre, d'accord. Mais comment sont-elles captées, mesurées, répertoriées à de telles profondeurs ? *La vision souterraine*... En mer d'Iroise qui est, les techniciens l'ont cru un temps, le futur Eldorado français du pétrole, nouveau coup au but. Mais d'un autre genre. La machine s'emballe. Bonassolli vient de détecter un sous-marin nucléaire français qui sort de la rade de Brest. Agitation maximum dans les états-majors. Secret défense à tous les étages. Mais, nouveau problème. Parce que le comte belge, qui "gère" toujours Bonassolli, ne veut rien avoir à faire avec la Défense nationale française ! Il préfère l'Europe et les Américains. Et parce que Bonassolli lui-même devient de plus en plus secret. Son jargon scientifique franco-italien était déjà assez incompréhensible. Il refuse maintenant de parler ! En haut lieu, on décide de le transférer avec ses machines de la Belgique à la banlieue parisienne. Dans une propriété de nos services secrets. Depuis le coup du sous-marin nucléaire, c'est l'état de guerre. La discussion pour un troisième contrat est engagée. Bonassolli doit *expliquer* son invention. Il refuse. On ne lui volera pas son secret.

« Si le contrat fut quand même signé, son exécution devient plus que laborieuse. Le château de Villegasse était gardé jour et nuit par une véritable armée privée. Bonassolli faisait sa mauvaise tête et soutenait que les représentants d'ELF présents étaient tous incapables de comprendre sa théorie parce que, intellectuellement, ils n'avaient pas le niveau suffisant (ils sortaient de Polytechnique...). Il jurait ses grands dieux qu'il ne travaillerait jamais sous la contrainte des services français. Pendant ce temps-là, les avions continuaient à voler, et un laboratoire, à Marly, s'équipait. L'argent coulait, Me Violet s'activait auprès de Villegasse, qui le détestait chaque jour davantage et supportait de moins en moins ses interventions.

Les spécialistes d'ELF attrapaient la migraine à tenter de comprendre les théories d'Aldo. Les puits forés sur les indications des nouvelles machines devenaient de plus en plus foireux. Le roi du Maroc, qui avait répandu le bruit, sous le sceau du secret, que Meknès regorgeait d'huile et que le Sahara ex-espagnol était un nouveau Moyen-Orient, commençait à déchanter. Les vieilles cartes géologiques avaient peut-être du bon.

« Mais qui s'intéressait encore au pétrole ? Le produit fastueux du gisement gabonais justifiait déjà toutes les dépenses, dans un secteur où lésiner sur la recherche veut dire se suicider. Ce qui comptait autant désormais, c'était l'application militaire : la détection des sous-marins atomiques et des armes nucléaires dissimulées. On cherchait la route des Indes et on a trouvé l'Amérique ? On ne va pas se plaindre. Mais le président de la République française, polytechnicien lui aussi, et qui plus est auvergnat, doutait des vertus majeures de l'étrange invention. Le haut état-major, pour le persuader de la portée de la découverte, imagina de faire fonctionner un des appareils de Bonassolli sur le plateau d'Albion, pour déceler les fusées atomiques françaises dirigées contre l'URSS.

« Ce fut toute une histoire pour persuader Aldo Bonassolli de se prêter à l'expérience. Le comte de Villegasse dut se fâcher, menacer, trépigner. Bref, un beau matin d'hiver, par un froid plutôt vif, Aldo dresse, sur le plateau d'Albion, une tente verte desservie par un volumineux générateur, et s'enferme un très long jour, émettant des bruits bizarres, refusant toute nourriture, pestant dans sa langue dès que quelqu'un s'approche, refusant de s'adresser aux militaires.

« À l'issue de réglages compliqués, il accepte de donner à son ami belge trois photographies époustouflantes où l'on pouvait apercevoir le socle enterré des fusées du plateau. L'état-major, ahuri, appelle aussitôt le président de la République, garant du nucléaire. Il ne fut pas séduit et quitta le site habité plutôt par le doute, en exigeant une expertise indépendante que le Pr Jules Horowitz, savant incontesté, devait conduire avec brio.

« On réunit à Zurich, territoire neutre, un aréopage pour examiner l'expérience simple que le Pr Horowitz avait demandé à Aldo Bonassolli de réaliser. Il place derrière la cloison d'une chambre une règle en acier et on demande à Aldo si sa machine peut la photographier. Il suffit d'un flash pour faire apparaître la règle sous les murmures admiratifs de l'assistance. Horowitz demande à Aldo s'il peut renouveler l'expérience. Nouvelle photo de la même règle. Mais, un aide d'Horowitz, entre-temps, a brisé la règle en deux ! La photo était donc truquée. On se saisit immédiatement de l'appareil pour découvrir qu'il s'agissait simplement d'un très ingénieux montage magnétoscopique.

« Aldo Bonassolli n'aurait donc jamais apprivoisé les neutrinos, fouillé le fond des terres et celui des océans, et nous serions en face d'une fantastique imposture qui, pendant plus de quatre ans, aurait vidé les caisses d'ELF, à la barbe des scientifiques les plus chevronnés. Philippe de

Weck, le président de Fisalma, par ailleurs président de l'Union des Banques suisses, apprend, désespéré, la découverte d'Horowitz. Il convoque aussitôt Bonassolli qui justifie sa supercherie par la décision qu'il a prise de ne pas communiquer la substance de son invention à la France. Son patron, Villegasse, a traité avec une société pétrolière, pas avec des autorités militaires. Il s'intéresse à l'avenir de l'humanité, pas à sa destruction. Bref, il n'a jamais trompé personne, si ce n'est les services secrets d'un État qui n'est pas le sien. Vive la liberté, vive la paix.

« L'équation a trop d'inconnues. Il faut démonter l'opération, comme on dit. Et rembourser à ELF ce qui doit être remboursé. Une longue discussion commence qu'il faut hâter, puisque la Cour des comptes s'en mêle et que le Premier ministre, Raymond Barre, doit être saisi d'un rapport. Les avocats discutent ferme, et finalement une transaction est mise au point, selon laquelle Villegasse conserve le montant des prestations exécutées, c'est-à-dire le montant du premier contrat, et une partie du second. Tout le reste doit être remboursé à ELF.

« L'arbitrage est rendu par le président Antoine Pinay lui-même. Un liquidateur est nommé, M. Boyer. Il s'agit d'un homme d'affaires américain et international qui ne craint pas la pénombre et a la confiance de toutes les parties. Pour faire bonne mesure, on donne une petite pension au génial inventeur, qui est toujours versée par ELF à l'heure où je parle.

« Tout aurait pu se terminer ainsi, très discrètement, s'il n'y avait pas eu changement de régime en France à la suite des élections présidentielles. Le nouveau président, François Mitterrand, mis au courant par l'ancien, était convenu de ne rien dire. C'était sans compter avec un secrétaire d'État au budget qui découvre dans les tiroirs des services de son ministère le rapport de la Cour, persuadé qu'il tient là une affaire de nature à embarrasser l'opposition. Il balance l'information au *Canard enchaîné* qui invente le formidable titre "Les avions renifleurs", puis intervient à la tribune de l'Assemblée. C'est immédiatement un énorme scandale ! *Le Monde* noircit des pages entières. La presse italienne se passionne. Les Américains ricanent. Bref, le tintamarre médiatique aboutit à la création d'une commission parlementaire et à une plainte au parquet. Et l'on retrouve un matin, très tranquillement devant l'Élysée, entouré de journalistes, l'illustre Aldo Bonassolli qui demande audience à François Mitterrand, pour s'expliquer et laver son honneur !

« Il est reçu par un conseiller qui l'écoute et le reconduit à la porte. La justice, d'ailleurs, après s'être penchée sur le dossier, découvre des faits prescrits, entrevoit plusieurs mystères, moins de réponses, mais est incapable d'établir l'escroquerie. Les parties ont depuis longtemps transigé, de façon plutôt raisonnable, et ELF ne se plaint de rien. Le dossier est donc classé.

« Le comte de Villegasse ne se décourage pas pour autant. Il part au sommet des Andes, avec ce qui lui reste du montant des contrats, installer un observatoire et des pistes d'atterrissage pour les

engins intersidéraux et leurs petits hommes verts
que ses neutrinos fidèles ne manqueront pas d'attirer. Tintin et les soucoupes volantes. »

Depuis longtemps le plat principal a été servi et
consommé. Il n'a pas laissé de souvenir particulier, ce qui n'est pas si mal. On en est au plateau
de fromages, addition des contributions personnelles. On compare et on admire. Je ne sais quel
Mois fait remarquer que nous aurions dû, pour ce
dîner symbolique salle π, ne consommer que des
produits circulaires : fromages, certes, mais aussi
tartes pour le dessert, bouchées à la reine en
entrée, « bas-rond » d'agneau en résistance. L'esprit de système est un défaut français. Les alcools
commencent à circuler.

« J'ai une explication pour l'affaire Bonassolli,
dis-je, si je peux à mon tour raconter une histoire.
Mon tuteur, un inspecteur général des Ponts qui
était un camarade de promotion de mon père à
Polytechnique, dirigeait l'ensemble des services
techniques de la Ville de Paris. Un problème très
difficile se posait pour la délivrance des permis de
construire dans l'est et le sud parisien, dont le sol
est truffé de carrières, souterrains, catacombes,
parfois sur plusieurs étages. Dans certaines zones,
on connaît le sous-sol, on a les plans. Dans
d'autres, on ne sait pas. Et parfois un pavillon s'effondre, un camion disparaît. Comment connaître
partout ce sous-sol ? Un de ses collaborateurs pro-

pose à mon tuteur de tenter l'expérience avec un radiesthésiste réputé. Il ira muni de son pendule sur le terrain, dans une zone où les services de la ville connaissent le sous-sol, on lui donnera une carte en blanc sans les renseignements, et il devra tracer le plan des caves et carrières. Oui, c'est bien *la vision souterraine...*

— Et alors ?

— Alors, il a eu 95 % de juste. Impressionnant. Certains criaient déjà victoire, mais mon tuteur ne s'est pas laissé impressionner. Il a demandé : "L'ingénieur qui accompagnait le radiesthésiste connaissait le sous-sol ? — Oui. — Remplacez-le, pour que votre penduliste aille sur le terrain avec un ingénieur qui ne le connaît pas." Et là, défaite du pendule. Des gribouillis nuageux sans rapport avec la réalité. Qu'est-ce que cela prouve ? Que les pendules ne sont pas toujours fiables, certes. Mais que la transmission de pensée, elle, peut fonctionner assez bien. Le radiesthésiste "sentait" ce que ressentait son voisin qui était au courant. Votre Aldo Bonassolli avait réussi ses coups au but spectaculaires dans les zones où les gisements étaient déjà repérés. Sans qu'il soit besoin d'évoquer des fuites des services d'ELF, il "sentait" les réactions des ingénieurs qui l'accompagnaient. Ce n'était pas les avions qui étaient renifleurs, c'est le "professeur" Bonassolli qui avait du nez.

— Ah, font plusieurs membres. Vaste débat.

— D'autres remarques ? demande Août en regardant ses ongles.

— Ce n'est pas seulement l'univers qui est en expansion, précise Juin. Ce sont les domaines de la recherche. Plus on trouve, plus il y a à trouver. Malgré tous les ordinateurs, le nombre est — et restera — une *valeur approchée.* »

Notre nouveau membre, Mars, la dame archéologue toute fripée et aux yeux vifs, intervient :

« J'ai eu la chance de trouver un temple cham en me servant d'une autre science, tout à fait différente, l'hématologie. J'ai bien dit chance. J'aurais pu dire aussi hasard. Qui tentera un jour d'apprécier la part d'absurde dans le fonctionnement des êtres et des planètes ?

— Vous ne trouvez pas, demande Novembre de sa voix si discrète, que la dose d'absurdité est déjà assez forte dans la politique, la diplomatie, les conflits, les rapports des hommes et des femmes..., sans qu'il soit besoin de la mettre en loi ?

— Permettez une histoire orientale de logique, dit Mars, dont la figure se plisse encore plus quand elle prend la parole. Un jour, à Ispahan, le meilleur voleur de la ville décide de cambrioler la demeure d'un riche seigneur. Il escalade le mur du jardin et là, à son grand étonnement, il glisse, tombe, se casse une jambe. Il attaque en justice le riche seigneur. "Chacun sait à Ispahan, dit-il au cadi, que je suis un voleur chevronné, reconnu, hautement professionnel. Si je suis tombé, risquant de me tuer, c'est que ce mur est mal fait et constitue un danger public. Je demande la condamnation la plus sévère.

— Convoquez le riche seigneur, dit le cadi.

— Ah, dit le riche seigneur. C'est effectivement un accident bien regrettable dont a été victime notre éminent voleur. Mais moi, je ne suis pas responsable. Je n'ai fait que demander au meilleur maçon de la ville de construire un mur.

— Faites amener le maçon, dit le cadi.

— Ah, dit le maçon. Comme je suis triste pour notre voleur distingué. Mais moi, je ne suis pas responsable. J'ai monté des briques qui m'ont été fournies par un briquetier d'excellente réputation. Si l'une présentait un défaut, le mur pouvait en souffrir lui aussi.

— Faites amener le briquetier, dit le cadi.

— Ah, dit le briquetier. Mes briques sont faites dans des cadres en bois. Je me fournis chez le meilleur menuisier. Si un jour, pour une raison que je ne connais pas, son cadre n'était pas tout à fait rectangulaire, donc la brique, je n'y peux rien.

— Faites amener le menuisier, dit le cadi.

— Ah, dit le menuisier. Je suis un très bon menuisier et j'ai le meilleur fournisseur de bois, le jardinier des jardins du shah. Mais si une fois il m'a livré un bois moins sec, ou moins droit, que sais-je, alors tout s'expliquerait.

— Faites amener le jardinier des jardins du shah, dit le cadi.

— Ah, dit le jardinier. Je suis bien sûr le meilleur jardinier de l'empire. Mais un instant d'erreur ou d'inattention est toujours possible. Par exemple, je me souviens d'un jour où je plantais des arbres. La fille du shah vint à se promener dans le jardin, couverte de tous ses bijoux : un spectacle d'enchantement. J'étais ébloui. Ai-je eu la main qui a tremblé un peu, le geste moins sûr pour planter un arbre, qui aurait donné ensuite un bois moins parfait ?

— Faites amener le bijoutier du shah, dit le cadi.

— Ah, dit le bijoutier du shah. Les bijoux de la fille du shah, je me souviens très bien. J'en suis particulièrement fier. Mon chef-d'œuvre. La perfection.

— Bien, dit le cadi. Le bijoutier du shah est condamné à mort." »

Les membres du cercle aiment assez cette histoire de logique orientale. Un peu longue, certes, mais la sagesse le veut à l'est d'Aden.

« Avertissement, dit Août. Avertissement à Mars. Cette fable, qu'elle soit orientale ou pas, n'a rien à voir dans nos récits et débats. Nous ne devons raconter que des histoires vraies, réelles. »

Murmures contre la présidence. Mars, qui n'est plus qu'une ride, dit :

« L'histoire n'est pas finie. Je termine ? Oui ? On emmène donc le bijoutier du shah sur la grande place d'Ispahan pour y être pendu. Et là, sur l'échafaud, on s'aperçoit qu'il est trop petit et que la corde n'est pas assez longue. Alors on a pris dans la foule quelqu'un d'autre plus grand. »

Applaudissements. Le Cercle des douze Mois a perdu tout respect de ses statuts. Mais existe-t-il une raison dans la suite infinie de décimales du nombre π qui nous entoure ? Dans ce palais de la Découverte qui est comme une gigantesque boîte à jeux ? Et au-dessus de nous dans le mouvement magique des galaxies lui-même ? Des enfants, a dit Août avec lassitude. Il n'y a en ce monde que des enfants. Des enfants et des fées.

« J'ai une communication à faire aux membres, dit Août. Je dois donner ma démission de la présidence. »

Stupeur. Ce n'est pas le petit incident avec Mars... Non, Août, nous en sommes sûrs, est au-dessus de toute mesquinerie. Il s'agit d'autre chose. Je le sens depuis des semaines : comme l'astronomie et la mathématique, nous l'ennuyons.

« Je ne démissionne pas du Cercle, précise Août. Seulement de la présidence. J'ai accepté une fonction assez importante dans l'administration française et je n'aurais plus la disponibilité nécessaire. Croyez que je le regrette vivement. »

Je n'en crois rien. Je regarde Janvier. Il a l'air béat. Ses yeux mi-clos paraissent s'être arrêtés sur la 376ᵉ décimale de π, ou peut-être sur Al-Khawarizmi, mathématicien arabe de la fin du VIIIᵉ siècle, dont le nom déformé a donné naissance au mot « algorithme ». Son ventre s'est arrondi. Il sifflote. Un père heureux.

Plusieurs membres aimeraient savoir à quel poste. Questions. Août dit :

« Le *J.O.* doit le publier demain matin. À cette heure, il est déjà imprimé et je ne dévoile donc rien. Je suis nommée à la tête de la DGSE. »

Les services secrets français ! Ce ne sont plus des rumeurs autour de la table, mais un tumulte.

On s'exclame, on s'interroge, on s'interpelle. Un verre est renversé. Un coup de coude fait tomber une assiette. Janvier, yeux clos, sifflote toujours. Il était au parfum, bien sûr.

« D'ailleurs, reprend Août en regardant ses ongles, ce n'est pas une décision vraiment surprenante. Il y a déjà plusieurs années que le MI6, le service de nos amis anglais, est dirigé par une femme. Peut-être serait-il bon pour le Cercle d'élire dès maintenant un autre président. Je propose Octobre. »

Je n'ai pas eu le temps de réagir. Elle a déjà mis aux voix, à main levée.

« Personne ne demande le vote à bulletin secret ? Non ? Octobre est élu président du Cercle des douze Mois à l'unanimité des voix. Moins la sienne. »

J'ai juste eu le temps de voir que des mains s'étaient levées moins vite que d'autres.

Quelques mots pour exprimer ma surprise, qui n'est pas feinte, et accepter cette mission à titre temporaire, pour un essai. Ce n'est pas notre règlement qui depuis quelques mois est en question, encore moins la présidence, mais notre Cercle lui-même. Raconter des histoires vraies, vécues ? Mais plus passionnant que raconter la vie, il y a vivre. Au fond, c'est la raison pour laquelle Août a démissionné. Parmi les drogues humaines, rien ne vaut le pouvoir et l'action. Pourquoi les femmes que nous aimons en seraient-elles privées ?

Août vient d'écrire un mot qu'elle me fait passer, plié. J'ouvre. Il y a seulement : « J'ai besoin

de toi. » Pour présider à sa suite ? Non, il n'y a pas
de quoi en parler. Pour l'aider dans ses nouvelles
responsabilités, au service de la République ? Ce
serait bien surprenant, je n'ai ni l'âge ni les
compétences. Alors...

Alors, en espagnol, « Je t'aime » se dit « *Quie-
ro* », je te veux, comme un ordre et une nécessité.
Existe-t-il plus bouleversante déclaration d'amour,
plus convaincante preuve d'amour, que de dire :
« J'ai besoin de toi » ?

❧

Mais ma rêverie est interrompue par une question de Février, toujours lui :

« Pour en revenir aux histoires vraies et exemplaires, Juin n'a pas raconté dans quelles circonstances il avait préparé le concours de Polytechnique.
Est-ce indiscret de le lui demander ? »

Oui : c'est indiscret. Mais je laisse faire. Je ne
suis pas sorti du rêve.

« C'est de l'histoire ancienne, dit Juin. Mais...
(et il enlève ses lunettes). Quand, en août 44, les
Alliés percent le front de Normandie, panique à
Paris chez les grands qui avaient choisi la collabo-
ration. Les SS les emmenaient dans leurs fourgons
vers des châteaux de la Forêt-Noire où ils pour-
raient poursuivre quelques mois leurs intrigues en
rêvant aux armes miracles de Hitler. J'avais un
peu plus de seize ans et demi. J'ai dit que j'en
avais dix-huit et je me suis engagé dans la division
Charlemagne. Dans ma section, tous des jeunes,

des très jeunes. Il n'y avait que quelques gradés à avoir plus de vingt ans. Pourquoi cet engagement alors que l'Allemagne avait perdu la guerre ? Par refus de la fuite. Je me suis engagé par respect de l'Histoire comme elle devait être. Je me suis trompé. L'Histoire n'est pas une science exacte.

— Et après ? »

Je veux couper ces souvenirs personnels d'un autre temps qui gênent plusieurs d'entre nous. Mais Juin fait un signe. Il a commencé, il finira :

« Nous nous sommes rendus début 45 à des troupes américaines qui nous ont passés aux Français. Une clairière dans les sapins. Certains disaient : "Ce sont des soldats, des prisonniers. On ne tue pas les prisonniers". D'autres criaient : "Ce sont des nazis, il faut les abattre". J'avais attrapé froid, j'ai éternué. Un officier, un vieux à moustaches blanches avec une tête de professeur de lycée, m'a demandé mon âge. Je le lui ai dit, le vrai. Il a demandé : "Tu as passé ton bac ? — Oui. — Le premier ? — Non, le second, maths. — Tu as eu une mention ? — Oui. — Laquelle ? — Très bien."

« Il s'est tourné vers le détachement et il leur a dit : "On ne fusille pas un gosse qui éternue. Sortez-le des rangs." C'est lui ensuite qui m'a fait inscrire en prépa à Louis-le-Grand et m'a aidé à rattraper le retard. Voilà.

— Et les autres qui étaient avec vous ? »

Juin essuie ses lunettes, les remet.

« La justice non plus n'est pas une science exacte. Mais puis-je revenir un instant à mon sujet du mois ? Il semble ce soir que tous nos récits

soient interrompus avant la fin. Ces avions renifleurs ont une nouvelle conclusion. Aujourd'hui,
capter à distance les modifications du champ
magnétique provoquées par la présence d'hydrocarbures sous la croûte terrestre n'est plus le rêve
fou d'un bricoleur italien mythomane. Un imposteur peut avoir des pressentiments justes. Quelle
est d'ailleurs la différence entre un précurseur et
un imposteur ?... La science a avancé : les pro-
cédés de détection des hydrocarbures par variations du magnétisme se fondent sur les effets
mécano-électroniques qui "craquent" les grosses
molécules de pétrole en plus petites du genre
méthane, avec phénomène d'ionisation... Je m'arrête. Vingt-cinq ans après, un quart de siècle, la
vérité n'est jamais pressée, il faut relire toute cette
histoire à la Tintin en changeant la fin : Tintin
gagne. »

Est-ce que le Cercle va survivre ? Je n'écoute
plus rien. Déjà certains sont debout. Août est très
entourée. On se bouscule pour l'approcher, lui
parler. Qui mesurera la puissance magnétique du
pouvoir ? Et moi, je me demande : Faut-il encore
espérer ? Pas pour le Cercle. Pour Août et moi.

J'entends dans un brouillard Février qui tire des
conclusions comme s'il avait été élu président :

« Il n'y a pas de vérité sans mystère. Il n'y a
pas de vie sans passage secret. Une chaussée
découverte à marée basse. Comme pour l'île
Madame. »

Table

Jean François Deniau
dans Le Livre de Poche

La Bande à Suzanne   n° 15059

Ils sont très jeunes : treize à seize ans. Ils n'ont pas d'horizon, pas d'avenir, pas (ou plus) de famille. Rien à perdre. Ils ont Suzanne. Suzanne, l'amazone aux jambes sublimes, montée sur sa Norton 500 cm³. Suzanne, qui leur impose d'impitoyables rites initiatiques auxquels ils se prêtent avec une soumission totale, fascinée. Suzanne, qui les conduira jusqu'à tuer... Le narrateur est l'un d'entre eux. Longtemps après, aux assises, le jeune Rom de Montreuil raconte. Lui aussi a fait partie de la bande à Suzanne. Lui aussi l'a aimée, et encore plus que les autres. S'inspirant d'un authentique fait divers des années 80, l'auteur de *Tadjoura* joint le plus cruel à l'éternel en nous contant cette histoire d'amours et de mort, comme il peut en éclore dans le cœur des adolescents perdus.

Ce que je crois   n° 9784

Ministre ou rebelle, marin ou ambassadeur, baroudeur ou notable... Homme politique atypique — et unanimement respecté — Jean François Deniau résume ici les valeurs et les choix de sa vie. Une vie qui lui a fait côtoyer aussi bien les grands de ce monde que les maquisards d'Érythrée ou d'Afghanistan ; un itinéraire qui passe par la tribune du Parlement européen aussi bien que par la navigation... ou l'écriture, avec un idéal : accomplir dignement son métier d'homme. Inlassable et inclassable, méditatif et concret, mêlant l'anecdote à la réflexion, l'homme privé évoque aussi son difficile combat contre la maladie et la souffrance. Ce livre est un hymne à l'espérance.

Douze hommes — douze aventuriers de la vie, aux expériences et aux voyages multiples, amateurs de situations
extrêmes et de caractères hors du commun — se réunissent
une fois par mois pour raconter des histoires vraies, vraies
et exemplaires. Des secrets de la guerre froide aux vendettas
corses, du terrorisme international aux mystères de l'océan,
leurs récits n'ont qu'une règle : la vie est plus passionnante
que tous les romans. À la mort de l'un d'entre eux, ils élisent
une femme pour le remplacer. Une femme qu'ils ont tous
connue et que plusieurs ont aimée. Dans ce cercle d'éternels
adolescents qui croyaient tout connaître de ce monde, un
autre âge va s'ouvrir, celui de l'amour. Récits extraordinaires, secrets d'État et exploits en tous genres prennent vie
au fil des pages. Mais ils s'effacent peu à peu devant une
autre aventure vécue : par quelle grâce s'impose le pouvoir
d'une femme ? Tadjoura la mystérieuse, au bord de l'océan
Indien, apportera la réponse.

Du même auteur :

Le Bord des larmes, Grasset, 1955 ; Arléa, 2000.

Le Marché Commun, Presses Universitaires de France, 1958.

La mer est ronde, Le Seuil, 1975, et Gallimard, 1981, nouvelle éd. 1996, Folio, 1992, Prix de la Mer.

L'Europe interdite, Le Seuil, 1977, nouvelle éd. augmentée.

La Découverte de l'Europe, Le Seuil, 1994.

Deux heures après minuit, Grasset, 1985, Marabout, 1986.

La Désirade, Olivier Orban, 1989, Pocket, 1990.

Un héros très discret, Olivier Orban, 1989, Pocket, 1991, Prix du Meilleur Scénario au Festival de Cannes 1996.

L'Empire nocturne, Olivier Orban, 1990, Pocket, 1991, Grand Prix Paul Morand de l'Académie française.

Ce que je crois, Grasset, 1992, Le Livre de Poche, 1994.

Le Secret du roi des serpents, Plon, 1993, Pocket, 1994.

Mémoires de 7 vies : I. *Les Temps aventureux*, Plon, 1994, Prix des libraires, II. *Croire et oser*, Plon, 1997, Pocket, 1999.

L'Atlantique est mon désert, Gallimard, 1996, Prix Saint-Simon.

Le Bureau des secrets perdus, Odile Jacob, 1998, Prix Agrippa d'Aubigné.

Tadjoura, Hachette Littératures, 1999.

Histoires de courage, Plon, 2000.

La Bande à Suzanne, Stock, 2000.

Sites Internet

www.jeanfrancois-deniau.org
www.hachette.com

IMPRIMÉ EN ALLEMAGNE PAR ELSNERDRUCK
Dépôt légal Éditeur 19684-04/2002
LIBRAIRIE GÉNÉRALE FRANÇAISE - 43, quai de Grenelle - 75015 Paris
ISBN : 2 - 253 - 13031 - 1